泡沫巷

科塔萨尔作品系列

[阿根廷] 胡利奥·科塔萨尔 著
[阿根廷] 阿娜·玛丽亚·埃切维里 编
董晓帆 译

人民文学出版社
PEOPLE'S LITERATURE PUBLISHING HOUSE

著作权合同登记号　图字01-2020-7452

EL PERSEGUIDOR(from LAS ARMAS SECRETAS):
© HEIRS OF JULIO CORTÁZAR, 1959.

图书在版编目（CIP）数据

追求者／（阿根廷）胡利奥·科塔萨尔著 ;（阿根廷）
何塞·穆尼奥斯绘 ；黄晓韵译．－－北京：人
民文学出版社，2021
　　（科塔萨尔作品系列）
　　ISBN 978-7-02-016019-8

　　Ⅰ．①追… Ⅱ．①胡… ②何… ③黄… Ⅲ．①中篇小
说－阿根廷－现代 Ⅳ．① I783.45

中国版本图书馆 CIP 数据核字（2019）第 300618 号

责任编辑　**朱卫净　胡晓明**
装帧设计　**钱　珺**

出版发行　**人民文学出版社**
社　　址　**北京市朝内大街166号**
邮政编码　**100705**
网　　址　**http://www.rw-cn.com**

印　　刷　**上海盛通时代印刷有限公司**
经　　销　**全国新华书店等**

字　　数　**52千字**
开　　本　**787mm×1092mm　1/32**
印　　张　**3.75**
版　　次　**2021年5月北京第1版**
印　　次　**2021年5月第1次印刷**

书　　号　**978-7-02-016019-8**
定　　价　**49.00元**

如有印装质量问题，请与本社图书销售中心调换。电话：010-65233595

你务要至死忠心。

——《圣经·启示录》第二章第十节

噢，请给我造一副面具。

——狄兰·托马斯

——纪念 Ch. P.

下午戴迪打电话来说约翰尼的情况不太好，于是我立即赶到了旅馆。几天前，约翰尼和戴迪在拉格朗日街一家旅馆落脚，房间在四层。只消看房门，我知道约翰尼已捉襟见肘了；窗户朝向一个阴暗的院落，下午一点就要开灯才能读报和看清楚人脸。天气不冷，但我看见约翰尼裹着毛毯，蜷缩在一张肮脏不堪、四处露出黄色麻絮的椅子里。戴迪看上去苍老了很多，身上的红色连衣裙与四周极其不搭；这是一件演出服，本应映衬在舞台的灯光下；然而在这个旅馆房间里，它像一团令人恶心的血块。

　　"布鲁诺同志就像口臭一样甩不掉啊！"约翰尼跟我打招呼说。他抬了抬膝盖，把下巴靠在膝盖上。戴迪给我搬来了椅子。我掏出一包高卢牌香烟，口袋里还有一瓶朗姆酒，但在弄清楚发生了什么事之前，我不打算把它拿出来。房间里最让我觉得恶心的是那盏挂灯，脱落的灯泡吊在一根爬满苍蝇的、脏乎乎的电线上。我瞟了它两眼，索性用手挡着视线，问戴迪能不能把它关掉，凑合着用从窗户透进来的光。约翰尼以一种心不在焉的极度专注，留意着我的话语、表情和姿势，就像猫紧盯着一处，心思却完全在别的事上；他的注意力也在别的事上。戴迪总算起来把灯关掉了。房间里所剩的是灰黑混合的光线，透过它我们更清楚地看到了彼此。约翰尼把他那枯瘦而修长的手从毛毯下抽了出来，我能感觉到他皮肤微弱的温热。戴迪说她去冲几杯速溶咖啡。他们起码还有一罐速溶咖啡，我感到欣慰。只要还有一罐速溶咖啡，我就知道他不至于到了穷途末路的地步，还能撑上一阵子。

"我们有好一段时间没见面了，"我跟约翰尼说，"起码一个月了。"

"你就会算时间，"他没好气地回答道，"一号，二号，三号，二十一号。你给什么都编上号，你这家伙。这个人也一样。你知道她为什么生气吗？因为我把

2

萨克斯管弄丢了。不过,不管怎么说,她说得有道理。"

"你到底怎么把它弄丢的?"我问道,尽管我很清楚地知道,这是不可以问约翰尼的问题。

"在地铁上丢的,"约翰尼说,"为了最大限度地保证它的安全,我把它放到了座位下面。坐车时,我想着它正万无一失地放在脚底下,那感觉太棒了。"

"他是回到旅馆以后,在上楼梯时发现的,"戴迪说,声音有点粗糙和沙哑,"然后我不得不像疯子一样跑出去,告诉地铁的工作人员,向警察报案。"

在随后的沉默里,我意识到她的努力是徒劳的。然而约翰尼笑了起来,那是他特有的、从唇齿后方发出来的笑声。

"肯定有个倒霉的可怜虫正在试着让它响起来,"他说,"这是我这辈子拥有过的最糟糕的萨克斯管。多克·罗德里格斯用它演奏过,结果,那管芯全变形了。这乐器本身还过得去,但罗德里格斯是那种在调音时就能毁掉一把斯特拉迪瓦里小提琴的人。"

"你没办法再弄来一个了?"

"我们正在想办法呢！"戴迪说，"罗里·弗兰德好像有一个。糟糕的是约翰尼的合同……"

"合同？"约翰尼模仿戴迪的语气说道，"合同算什么玩意儿。必须演出，就这么简单。而我没有萨克斯管，也没有钱买，那些小伙子全都跟我同病相怜。"

最后一句并非事实，我们三个人都明白。再也没有人敢借乐器给约翰尼了，他不是把乐器弄丢，就是很快把它毁了。他在波尔多弄丢过路易斯·罗林的萨克斯管；在受邀到英国巡回演出时，戴迪给他买的那一把被他又踩又砸，最后断成三截。没人知道他弄丢过、典当过、摧残过多少件乐器。然而，他用这些高音萨克斯管演奏出了在我看来唯独神才能演奏出的音乐——假如众神放弃了竖琴和长笛的话。

"你什么时候要开始表演，约翰尼？"

"不知道。今天吧，我觉得。是吗，戴儿？"

"不。是后天。"

"全世界都记得日子，除了我，"约翰尼抱怨道，他把毛毯拽起来盖过耳朵，"我还以为演出是今晚，下午要去排练呢！"

"哪天都一样，"戴迪说，"问题是你还没有萨克斯管。"

"怎么一样了？不一样。后天在明天之后，明天在今天的很久之后，而今天又是此刻的很久之后——我们在和布鲁诺这家伙聊天的此刻。要是能忘掉时间，喝点热饮的话，我会感觉好很多。"

"水马上就烧开了，等一会儿吧！"

"我说的热不是指沸腾。"约翰尼说。于是我拿出了朗姆酒，房间里顿时像点了灯一样。约翰尼惊喜不已，嘴巴张得大大的，牙齿闪闪发光。戴迪看见他这惊喜的样子，也不由得微笑起来。朗姆酒加速溶咖啡也不赖；我们又喝了杯酒，然后抽了根烟，感觉好多了。这时我发现约翰尼渐渐蜷缩成一团，继续幻想"时间"这个自我认识他那天起就一直困扰着他的话题。我几乎没见过像他那样为所有与时间有关的问题感到困扰的人。这是个癖好，他所有的愚蠢癖好中最坏的一个。然而，当他铺开这个话题并对其进行分析时，那种风度和魅力少有人能抗拒。我还记得在辛辛那堤进行录音前的那次排练，那是他来巴黎之前很久发生的事情，大概在一九四九年或一九五〇年。那几天约翰尼状态极佳，我去参观排练只是为了听他和迈尔斯·戴维斯的演奏。所有演奏者都兴致高昂，心情畅快，衣着光鲜（我之所以记起这一点，大概是因为彼时与此时的强烈对比。眼下的约翰尼衣着破烂，邋遢不堪）。大家都满怀兴致地演奏着，丝毫没有不耐烦。玻璃窗后的音响师做着满意的手势，像一只欢乐的狒狒。约翰尼仿佛陶醉在自我的愉悦中。而恰恰在这时，他突然停了下来，不知向谁挥了一拳，说："这是我明天正在演奏的。"于是乐队被迫中断，只有两三个乐手像来不及制动的火车，往后多奏了几个节拍。约翰尼拍了拍自己的额头，不停地说："明天我已经演奏过这段了，太糟了，迈尔斯，明天我已经演奏过这段了。"大家都束手无策，没法让他摆脱这个念头。从那时开始，一切都变得不顺利，约翰尼演奏时了无兴致，一心只想着离开（又去吸毒，据那位被气疯了的音响师说）。我看见他出门走路左

摇右摆，脸色灰白，不知道这种状况是否会持续很久。

"看来我还是给伯纳德大夫打个电话吧！"戴迪说，她斜眼看了看正在小口抿酒的约翰尼，"你发烧了，而且什么都不愿意吃。"

"伯纳德大夫是个可怜的白痴，"约翰尼舔着酒杯说，"他准会给我开几片阿司匹林，然后说他非常喜欢爵士乐，比如雷·诺布尔。这么跟你说吧，布鲁诺，要是我的萨克斯管还在，我一定吹支曲子让他屁股着地一个一个楼梯地从四层滚下去。"

"不管怎么说，吃几片阿司匹林对你来说也不碍事，"我瞟了一眼戴迪说，"如果你愿意的话，我临走前打个电话，这样戴迪就不需要下楼了。听着，那个合同……如果合同要求后天开始的话，我觉得还是可以做点什么的。我也可以试着向罗里·弗兰德要一把萨克斯管。最坏的情况是……问题是你以后要多加小心，约翰尼。"

"今天不，"约翰尼看着朗姆酒的瓶子说，"明天吧，等我有了萨克斯管。现在没必要说这个。布鲁诺，我越来越清楚地意识到时间……我觉得音乐总能帮我稍稍理解这个问题。好吧，不是'理解'，事实上我什么都不理解。我唯一所做的，是意识到当中有点奥妙。就像梦，不是么？在梦里你开始怀疑一切将要完蛋了，于是事先就心生忧虑；但同时你对此一点也拿不准，说不定一切都会像薄饼一样翻转过来——突然你就跟一个漂亮的女孩睡在一起了，一切都无与伦比地完美。"

戴迪在房间的一角清洗茶杯和酒杯。他们的房间里连自来水都没有；我看到了一个印有粉色花朵的脸盆和一个水壶，那个水壶让我联想到一具涂了防腐香料的动物尸体。约翰尼用他被毛毯盖住了半边的嘴不停地说话。他也好像涂了防腐香料的动物标本一样——膝盖支着下巴，光滑的脸上面色发黑，毫无表情，而且因为酒力和高烧渐渐大汗淋漓。

"我读过一些关于那个问题的文章，布鲁诺，它非常奇特，实际上它如此艰深……我觉得音乐能有所帮助，你知道吧，不是有助于理解，因为事实上我什么都不理解。"他用拳头敲自己的脑袋，听起来跟敲椰子一样。

"这里面空空如也，布鲁诺，空空如也。它什么都不思考，不理解。跟你说实话，布鲁诺，我从来不需要它。我用眼睛以下的部位去理解事情，越往下的部位理解能力越强。但事实上那不是理解，对于这一点我同意。"

　　"你这样会烧得越来越厉害的。"戴迪在房间的角落里抱怨道。

　　"噢，你闭嘴。这是实话，布鲁诺。我从来没有思考过任何问题，只是忽然间会意识到自己思考过的事情，但那是不值得一提的，对吧？一个人意识到自己曾经思考过一些事情，这有什么可提的呢？对于被思考的事情而言，进行思考的是你或其他任何人都没什么区别。我，我只是从我思考的事情中获益，然而它总是过后才发生，这正是我无法忍受的。啊，真难，太难了……酒一口也不剩了？"

　　我把最后几滴酒倒给了他。这时戴迪正好把那盏灯打开了，因为房间里几乎什么都看不见了。约翰尼正在流汗，但依旧裹在毛毯里，不时发抖，摇得椅子嘎吱嘎吱响。

"我很小的时候就意识到这个问题，几乎在学萨克斯管以后没多久。我家总是一团糟，每天谈论的不是欠债就是抵押。你知道抵押是什么吗？那应该是很可怕的玩意儿，因为每次老爸说起抵押时，老妈就大哭大闹，最后都以拳脚告终。那时我才十三岁……但这些事情你都听过了。"

　　这些事我当然听过；我还尝试着把它有声有色且忠于事实地写进我的约翰尼传记里。

　　"因此在家的时间总是很难熬，你明白的，吵完又吵，几乎没有饭吃，还有宗教问题，啊，你无法想象。当老师给我弄到一把萨克斯管时——你见到它的话准会笑死——我觉得我那时马上就领悟了。音乐把我从时间中抽离，尽管这只是一种说法而已。你想知道我的真实感受吗？我觉得音乐把我融进了时间里。但这样一来，就要相信这时间与……好吧，与我们毫不相干，姑且这么说。"

　　我早就对约翰尼——以及所有特立独行的人——的幻觉有所了解，因此能够专心地听他说话，却不至于为他的话感到担忧。我反而好奇他在巴黎

是怎样搞到毒品的。我得问下戴迪，她要真的是同谋，那我必须制止她。约翰尼在这种状态下无法再坚持很久了。吸毒与贫困是不可能共存的。我想到他的音乐正在被荒废；想到他本来能录制十几张唱片，在其中继续展示他的风采以及傲视同辈的惊人才华。"这是明天我正在演奏的。"这句话让我豁然开朗，因为约翰尼总是在明天演奏，而其余的都尾随而来——在这个他演奏了头几个音符就能轻易跳过的今天。

我是一位爵士乐评论家，对自己的极限再清楚不过。我意识到可怜的约翰尼试图通过断断续续的言词、叹息、突然的暴怒和哭喊所要表达的内容，完全超越了我所思考的事情的层面。我称他为天才，而他对此却毫不在乎；他也从不骄傲地认为自己的音乐让同行望尘莫及。我忧伤地认为，他高踞于他的萨克斯管王国的顶峰，而我只能屈居于末端。他是嘴巴，我是耳朵，说难听一点，他是嘴巴而我……所有评论家都是，那些始于味道、始于啃咬和咀嚼的甘美的事物，哎，它们可怜的末端。他的嘴巴又动了起来，约翰尼的大舌头贪婪地舔着流到唇边的口水。他的双手在空气中挥舞着。

"布鲁诺，要是哪天你能写……不是为了我，你明白，对我来说没什么，不过那应该会写得很美，我感觉它应该会很美。我跟你说过，小时候开始吹萨克斯管时，我就意识到时间在变化。有一次我跟吉姆谈这个问题，他说所有人都有这样的感受，当一个人专注在精神世界里……他是这么说的，当一个人专注在精神世界里。但不是的，我演奏的时候没有专注在精神世界里，我只是变换了地点。就像在电梯里，你在里面跟人说话的时候并没有什么特别的感觉，然而与此同时你穿过了一层、十层、二十一层，不久之后整个城市就在你的脚下；这时你正要说完进电梯时开始说的那句话，这就意味着在开始和结束的词之间有五十二层。我开始吹萨克斯管时就意识到，我走进了一个电梯，但那是时间电梯，如果可以这么说的话。你别以为我把抵押或者宗教的事忘了。只是在那个时候，抵押和宗教就像没穿在身上的衣服；我知道那件衣服在衣橱里，但你不能跟我说，那个时刻那件衣服存在着，那件衣服只有在我穿上它的时候才存在。至于抵押和宗教，在我结束演奏老妈披头散发地走进来抱怨我那魔鬼般的音乐把她的耳朵震聋了的时候，又会再次存在。"

戴迪又端来一杯速溶咖啡，约翰尼却盯着自己的空杯子发呆。

"时间这问题很复杂，把我扯得晕头转向。我渐渐意识到，时间不像装满东西的口袋。我想说的是，尽管填充物会变化，但一个口袋只能容下有限的东西，它会装满。看见我的手提箱了吗，布鲁诺？它能装下两套西服和两双鞋。好，现在你想象把它清空，然后重新塞进那两套西服和两双鞋，于是你发现它只容得下一套西服和一双鞋。但最棒的不是这一点，最棒的是你发现能够把整个商店都塞进手提箱的时候——那里有好几百套西服——就像我偶尔在演奏时将音乐塞进时间里一样。音乐以及我坐地铁时思考的东西……"

"你坐地铁时？"

"啊，没错，就是那时，"约翰尼狡黠地说，"地铁是个伟大的发明，布鲁诺。坐地铁的时候，你会发现所有能装进手提箱里的东西。也许我没有在地铁上弄丢那把萨克斯管，也许……"

他大笑了起来，边笑边咳嗽。戴迪忧虑地看着他。但他一面手舞足蹈，一面大笑和咳嗽，忙得不亦乐乎，活像一只猩猩在毛毯下颤抖。直到笑得眼泪都流了下来，他就把眼泪吸到嘴里，仍旧笑个不停。

"最好还是别把事实混淆了，"过了一会儿他说道，"我把它弄丢了，事情就是这样。但地铁让我发现了手提箱的玄机。你看，关于弹性的问题很奇妙，我走到哪里都能感觉到它。一切事物都是有弹性的，伙计。看似硬邦邦的东西其实有弹性……"

他入神地思考着。

"一种延时的弹性。"他出人意料地做了这个补充。我对他投以仰慕和赞许的目光。好样的，约翰尼。这家伙还说自己不懂得思考。好一个约翰尼！现在我确实对他接下来的话产生了兴趣，而他也意识到了这一点，于是用一种比以往任何时候都更狡黠的嘲笑眼神看着我。

"你认为我能为后天的演奏再弄来一把萨克斯管吗，布鲁诺？"

"是的，不过你要多加小心了。"

"当然，我必须更加小心。"

"一个月的合同，"可怜的戴迪解释道，"在雷米酒吧驻场十五天，两场音乐会和灌录唱片。我们原本能安排得如此妥帖。"

"一个月的合同，"约翰尼用夸张的手势模仿着，"雷米酒吧，两场音乐会和灌录唱片。比—啪嗒—波普波普波普，嗤嗤嗤。[1]我只是觉得口渴，口渴，口渴。还想抽烟，抽烟。特别想抽烟。"

我给了他一包高卢牌香烟，尽管我很清楚他想要的是毒品。天已黑，走廊里开始有人来人往的声音，阿拉伯语的说话声，还有歌声。戴迪出门了，也许是去买点晚饭吃的东西。我感觉到约翰尼的一只手放在了我的膝盖上。

1　原文为"Be-bata-bop bop bop, chrrr"。

"她是个好女孩，你知道的。但我讨厌她了。我不喜欢她已有一段日子了，我受不了她。她还能让我兴奋，有时候，她做爱的功夫简直像……"他学意大利人那样并起了手指，"但我必须摆脱她，回纽约去。特别是我必须回纽约，布鲁诺。"

"去干什么？你在那边的时候比在这里还糟糕。我指的不是工作，而是你的生活。我觉得你在这里朋友更多。"

"没错，有你和侯爵夫人，还有俱乐部的伙伴们……你没跟侯爵夫人睡过觉吧，布鲁诺？"

"没有。"

"好吧，那可是……话说回来，我刚才正跟你说地铁呢，不知怎的换了话题。地铁是个伟大的发明，布鲁诺。有一天，我在地铁里开始感觉到了什么，后来我就忘了……两三天后，这种情况又出现了。最后我恍然大悟。解释起来很容易，你知道吧，但容易是因为实际上那不是真正的解释。真正的解释是无法解释的。你必须乘上地铁，等待它发生在你身上，尽管我觉得这只会发生在我身上。大概就是这样，你看。但你真的从没跟侯爵夫人睡过？你得请她爬到她卧室角落的那张金色凳子上，凳子在一盏很漂亮的灯旁边，然后……算了，戴迪已经回来了。"

戴迪捧着一包东西进来了，她看着约翰尼。

"你烧得更厉害了。我给大夫打了电话，他十点钟到。他说让你安静休息。"

"好吧，我同意，但我得先跟布鲁诺讲完地铁的事。有一天我十分清醒地意识到正在发生的事情。我开始想我的母亲，然后想拉恩和孩子们。当然了，我还感觉到自己正走在我的老街区里，看见那时的同伴们的脸。那不是思考，我觉得我跟你说过很多次，我从来不思考；我仿佛停在一个街角，看着我所想的事情发生，但并不是想着我所看到的事情。你发现了吗？吉姆说我们所有人都是一样的，一般情况下（他是这么说的），人的思考并不是孤立的。假设是这样吧！问题是我在圣米歇尔站上了地铁后，我马上就开始想拉恩和孩子们，看到我的老街区。我刚坐下就开始想他们。但我同时意识到自己正在地铁上，眼见着约莫一分钟过后地铁到了奥德翁，人们进进出出。然后我继续想拉恩，看见我的母亲刚购物回来，我见到了大家，和他们欢聚一堂。我很久没有那种感觉了。回忆总是让人感到恶心，但这次我非常乐意想起和见到孩子们。要是我现在跟你说我所见到的一切，你是无法相信的，因为得说上一阵子，即便把细节省去。比如说吧，就告诉你一件事，我见到拉恩穿着一条绿色连衣裙，那是她到我和汉普演出的三三俱乐部时常穿的衣服。我见到裙子上的几根丝带、一个蝴蝶结、腰身上的装饰物和一个领子……这不是同时见到的，实际上我正围着拉恩的连衣裙转并仔细地端详。然后我看到拉恩和孩子们的脸，然后我想起隔壁家的迈克，想起他怎么跟我讲述科罗拉多州的几匹野马的故事，想起他在一个牧场工作，说话时那神气的样子像驯马师一样……"

"约翰尼。"戴迪在她的那个角落里说道。

"你看，我只跟你说了我所想和所见的冰山一角。我花了多长时间跟你讲这一小段？"

"不知道，就算是一两分钟吧！"

"就算是一两分钟吧！"约翰尼模仿我说，"两分钟内我只跟你讲了一小段。如果我跟你讲我见到的孩子们做的事；跟你讲汉普怎样演奏《保佑你，漂亮妈妈》，我听到了每一个音符，你知道吗？每一个音符，汉普是个不知道累的人；跟你讲，我还听到了母亲的一段长长的祈祷，我觉得她说到了圆白菜，她替父亲和我请求宽恕，然后说了一些关于圆白菜的话……好吧，要是我跟你极其详尽地讲述那些事情，肯定不止两分钟。对吧，布鲁诺？"

"要是你真的听到和见到了那些事情，怎么也得一刻钟吧！"我笑着跟他说。

"怎么也得一刻钟，对吧，布鲁诺？那你一定会问，我怎么会突然感觉到地铁停了下来，离开了母亲、拉恩和一切事物，然后看见地铁到了圣日耳曼德佩区，那儿距奥德翁刚好一分半钟。"

我从来不会为约翰尼的话感到特别担忧，但现在，他看我的眼神让我感到了一阵寒意。

"根据你的时间，根据那个女人的时间，那只是一分半钟，"约翰尼愤愤不平地说，"根据地铁和我手表的时间也是如此，太可恶了。那我怎么可能想了一刻钟呢？你说吧，布鲁诺。怎么可能在一分半钟内想了一刻钟呢？我发誓那天没吸毒，连一小根、一片烟叶都没有。"他补充说道，就像一个小孩在为自己辩解，"不久后我又出现了这种状况，现在我走到哪儿都会发生这样的事情。但，"他狡猾地说，"只有在地铁上我才能意识到，因为乘地铁就像被塞进一个钟表里，每个车站仿佛就是每一分钟。你明白的，那是你们的时间，也就是现在的时间；但我知道还有另一种，我一直在想，在想……"

他用双手掩着脸，身体在发抖。我早就想走了，但不知道怎样告别才不至于让约翰尼感到不快，因为他对朋友敏感到可怕的程度。这样下去对他很不好，我走了的话，他至少不会跟戴迪说那些事情。

"布鲁诺，要是我能够只活在那些时刻里，或者活在我演奏时的时间里，而时间也在变化……你能意识到一分半钟之内可能发生的事情……那么一个人，不仅是我，还有那个女人，你和所有的伙伴们，都能活上几百年。现在我们的生命以钟表计量时间，受限于以分钟和后天作标记的癖好；但如果找对了门路，我们就能比现在多活一千倍的时间。"

我勉强挤出微笑，隐约明白他说的话有道理。不过正如往常一样，一旦我走到街上，回到我那庸常的生活中，他所疑惑的以及他的疑惑让我产生的预感便立即烟消云散。那时候我肯定约翰尼所说的并不只是一个半疯的人说的话，也不是一个被现实抛弃的人说的话——现实留给他的只是一出讽刺剧，而他却将其变成一种希望。对于约翰尼在这样的时候跟我说的一切（五年多以来约翰尼对我和其他人都说了类似的话），听了以后决不能稍后再认真琢磨。当人们走到街上，那些话开始在回忆里而不是在约翰尼的嘴里重复的时候，一切就已被认定为抽大麻后产生的幻象，是索然无味的老调重弹（因为其他人也说过类似的话，每隔一段时间人们就会有类似的见证），人们诧异过后便会愤怒，至少对我而言，我觉得约翰尼仿佛在拿我开玩笑。但这总是发生在第二天，而不是约翰尼正在跟我说那番话的时候，因为那个时候我感觉到他在某个方面给出了些什么，就像一盏寻求发光的灯，或者更贴切地说，好像有必要把某样东西毁掉，彻头彻尾地毁掉它，就像把楔子敲进树干，用锤子不停地敲，直到将其完全劈开。只是约翰尼已经没有力气去敲击任何东西了，而我甚至还不知道需要怎样的锤子来敲那个我压根想象不出来的楔子。

最后我终于离开了那个房间，不过这之前发生了一件必然会发生的事情——即便不是那件事，也会发生类似的——当我背对着约翰尼向戴迪告别时，我感觉到发生了什么，这从戴迪的眼睛里就能看出来。于是我迅速转身（也许因为我对约翰尼有点心存畏惧，对这个如兄弟般的天使，这个如天使般的兄弟），见他突然脱下刚才裹在身上的毛毯，全身赤裸地坐在椅子上，双腿抬高，下巴靠在膝盖上，全身颤抖但格格地笑着，就这样一丝不挂地坐在那张脏污不堪的椅子上。

"我开始觉得热了，"约翰尼说，"布鲁诺，你看看我肋骨间的这个疤痕多漂亮。"

"赶紧盖上。"戴迪命令道。她羞愧得不知道该说什么好。

我和约翰尼之间已经相当熟悉，一个光着身子的男人就是一个光着身子的男人而已，但戴迪终究有点不好意思，我也不知道怎样做才能让她觉得约翰尼刚才的举动并没有让我感到震惊。约翰尼当然很清楚这一点，他肆无忌惮地张嘴大笑，猥琐地抬高双腿，让生殖器吊在椅子的边缘，就像动物园里的猴子一样，他大腿皮肤上那些奇怪的污斑令我感到恶心。于是戴迪抓起毛毯，连忙给他披上，而约翰尼则不停地笑着，一副乐滋滋的样子。我恍惚地道了别，答应改天回来看他们。戴迪把我送到楼梯间，顺便把门带上，不让约翰尼听见她跟我说的话。

"从比利时巡回演出回来后，他就变成这样。他在每个地方的演出都很成功，那时我多么高兴啊！"

"我想知道他是从哪里得到毒品的。"我看着她的眼睛问道。

"我不知道。他整天喝红酒和白兰地，也抽过毒品，尽管比在那儿的时候少……"

那儿指的是巴尔的摩和纽约，他在贝尔维尤的精神病院待了三个月，在卡马里奥又住了很久。

"约翰尼在比利时的演出真的很成功吗，戴迪？"

"没错，布鲁诺，我觉得那次演出比以往任何一次都要好。人们兴奋得像疯了似的，乐队的小伙子们跟我说了很多遍。一些奇怪的事情突然发生了，这在约翰尼身上很常见，但好在他没有在公众面前出丑。我以为……但你见到了，现在比以往任何时候都糟糕。"

"能比在纽约的时候还糟糕？你那个时候还没认识他。"

戴迪并不傻，没有一个女人喜欢别人跟她提起她的男人还没有在她的生活中出现时的事，只是她现在不得不忍耐，过去的事情不过是些词语罢了。我不知道该怎么说，甚至对她也没有产生信赖感；但最后还是下决心说了出来。

"我想你们应该没钱了。"

"我们那个合同后天就开始了。"戴迪说。

"您觉得他还能录音和在公众面前露面吗？"

"啊，当然，"戴迪有点惊讶地说，"只要伯纳德大夫让他退烧了，他会演奏得比以往都好。问题在于萨克斯管。"

"我来负责这件事。您拿着，戴迪。只是……最好别让约翰尼知道。"

"布鲁诺……"

我边挥手道别，边下楼梯，阻止了那些能够想象的言辞和戴迪无谓的感谢。跟她相隔四五个台阶时，我觉得容易开口多了。

"在第一场音乐会之前千万不能让他吸毒。随他喝点酒，但别给他钱买那玩意儿。"

戴迪没有回应什么，尽管我看到她的手把钞票对折又对折，直至让它们消失。起码我能确定戴迪不吸毒。她与这件事同谋的唯一原因也许是出于恐惧或爱怜。要是约翰尼跪在地上，就像我在芝加哥看到的那次，哭喊着求她……但这只是约翰尼可能引发的众多乱子之一，而眼下的他至少有钱吃饭和买药。走到街上时，天下起了毛毛雨，我竖起风衣的领子，深吸了口气，肺部隐隐作痛；我觉得巴黎闻起来很干净，有一股热面包的香气。现在我才意识到约翰尼的房间里，还有他裹在毛毯里那汗淋淋的身体是什么气味。我走进一家咖啡馆，点了一杯白兰地，用来清洁一下口腔，也许还可以在脑海中清理一下约翰尼在谈话中反复坚持的记忆、他的故事、他对那些我看不见也不愿意看见的事物的看法。我开始思考后天的事情，这能给我带来平静，仿佛那是一座从柜台延伸向未来的桥。

当人对所有事情都不太确定的时候，最好的方法就是给自己找些事情干，以此作为救生圈。过了两三天，我自认为有责任去调查侯爵夫人是否在向约翰尼·卡特提供大麻，于是我到了蒙帕纳斯的录音棚。侯爵夫人是名副其实的侯爵夫人，尽管不久前因为大麻等诸如此类的事情离了婚，但她还是从侯爵那里得到了一大笔钱。她与约翰尼的交情始于纽约。有一回约翰尼聚集了四五个喜欢他音乐的小伙子，头一次得以随心所欲地演奏，结果让所有人都叹为观止。就这样约翰尼一夜成名了。他和侯爵夫人也许就是在那一年认识的。这不是评论爵士乐的时候，有兴趣的朋友可以读读我写的关于约翰尼和战后新风格的书，但我可以说，一九四八年——应该说到一九五〇年为止，一场"音乐大爆炸"发生了，这场爆炸冷静而悄无声息，一切都原封不动，既没有激起呐喊，也没有留下废墟，但传统的硬壳被炸成了碎片，甚至它的捍卫者（乐队和听众当中的）对它的感觉也大不如前，开始质疑自己对它的热爱。因为听过约翰尼演奏高音萨克斯管的人再也无法欣赏以往的乐师表演，并视他们为至高无上的了；他们不得不勉强忍受那种被称为"历史感"的伪装，评价那些乐师中的任何一位都是优秀的，当然他们相对于"他们的时代"而言仍然是优秀的。约翰尼就像一只手，为爵士乐翻开了新的一页。事实就是如此。

　　侯爵夫人对音乐有一双如猎兔犬般敏锐的耳朵，一直以来对约翰尼和他乐队的朋友推崇备至。我想约翰尼在三三俱乐部的时候，侯爵夫人应该赏过他不少钱，尽管那时候大部分评论家都在抨击他的唱片，以陈腐不堪的标准来批评他的爵士乐。或许也是在那些日子，侯爵夫人开始时不时和约翰尼睡在一起，一起抽大麻。我看见他们在录音前或音乐会中场休息时经常出双入对。在侯爵夫人身边的约翰尼显得春风得意，顾不上在另外某个包厢或者在家里等他的拉恩和孩子们。约翰尼从来无法理解"等待"是个什么概念，也无法想象有人会在等着他。他抛弃拉恩的方式更让他的真面目显露无疑。我见过他从罗马寄给拉恩的一张明信片，在他消失了四个月以后（他没有跟拉恩打任何招呼，就和两位乐师钻进了飞机）。明信片上印的是罗慕路斯与雷穆斯[1]，约翰尼一直很喜欢他们（他有一张唱片就以他们的名字命名）。他说："我独自徜徉在爱情的包围中。"这是狄兰·托马斯的一首诗的片断，约翰尼对这位诗人的作品爱不释手。约翰尼在美国的经纪人设法扣除他的一部分收入交给拉恩，而拉恩也

1　罗马神话中罗马市的奠基人。

马上意识到摆脱约翰尼并非什么坏事。有人告诉我，侯爵夫人也给过拉恩钱，但对她隐瞒了钱的来历。我丝毫不觉得奇怪，因为侯爵夫人是个不理智的大好人，她对这个世界的理解，有点像在朋友们蜂拥到录音棚时她做的那些土豆鸡蛋饼，她永远备着一种馅料丰富的土豆鸡蛋饼，有需要的时候一块块拿出来供来客享用。

我见到侯爵夫人的时候，她和马塞尔·加沃迪、阿尔特·布卡亚在一起，他们正好在评论约翰尼前一天下午录的唱片。他们看见我就像看见大天使降临般迎了上来，侯爵夫人不停地亲我直到亲不动了为止，小伙子们使劲拍我，那劲头就像在拍低音提琴和上低音萨克斯管一样。我不得不躲到一张椅子后面，尽可能地保护自己。他们知道我给约翰尼提供了一把极好的萨克斯管，约翰尼刚用它录完了迄今为止他最出色的四五首即兴作品。侯爵夫人马上就说，约翰尼是只肮脏的老鼠，因为他跟她争吵过（她没说为什么），而这只肮脏的老鼠很清楚只有以恰当的方式道歉才有可能把支票拿到手，给自己买一

把萨克斯管。当然了，约翰尼从巴黎回来以后就没想过要赔不是——那场争吵似乎发生在伦敦，两个月前——因此没人知道他在地铁上丢了那该死的萨克斯管。伯爵夫人一开始说话，就让人怀疑她的语言里是不是融进了迪齐[1]的风格，她那些出人意料的措辞中包含着一连串无穷无尽的变体。最后她往大腿上重重地捶了一拳，哈哈大笑了起来，就像被挠痒痒差点笑死一样。阿尔特·布卡亚利用这个时机跟我讲述了昨天的细节。我因为要照顾患肺炎的妻子而错过了录音。

"蒂卡可以作证，"阿尔特指着笑得直不起腰的侯爵夫人说，"布鲁诺，在听这些唱片之前，你简直无法想象当时正在发生的事情。如果说昨天上帝在什么地方，你可以相信我，一定就在那座糟糕透顶的录音棚里。顺便说一句，那儿热得要死。你记得《柳树》吗，马塞尔？"

"我记不记得？"马塞尔说，"笨蛋才会问我

1　指约翰·伯克斯·迪齐·吉莱斯皮（John Birks "Dizzy" Gillespie，1917—1993），美国爵士乐小号手。

记不记得。我从头到脚都文了《柳树》的文身。"

蒂卡给我们端来了几杯嗨棒，于是我们聊得更开心了。事实上，我们没怎么谈昨天的录音，因为每个乐师都明白那些事情不能多说，但他们的只言片语已足以给我带来些许希望。我想，也许我的萨克斯管能为约翰尼带来好运。尽管如此，谈话中仍不乏一些向我泼冷水的小插曲，比如约翰尼在录音的间隙脱掉鞋子，光着脚在录音棚里走来走去。不过，他跟侯爵夫人和好了，并答应今晚演出前到录音棚喝一杯。

"你认识约翰尼现在交往的姑娘吗？"蒂卡问道。

我尽可能简洁地对她描述了一番，然后马塞尔以法国式的手法做了补充，极其详尽，天马行空，逗得侯爵夫人非常开心。大家对吸毒的事守口如瓶，尽管敏感的我在蒂卡的录音棚里似乎能闻到一丝毒品的气味。不仅如此，蒂卡笑起来的样子我在约翰尼和阿尔特身上都曾经见到过，那是瘾君子的典型特征。我大概知道跟侯爵夫人闹翻了的约翰尼是如何弄到大麻的，于是我对戴迪的信任顿时跌到了谷底——如果说我曾经对她有所信任的话。说到底，他们都是一路货色。

　　我真有点儿嫉妒，这个共同点将他们拉近，轻而易举地让他们成为同道中人；以我的清教徒观点来看——我不需要坦白这一点，任何认识我的人都知道我对道德沦丧的恐惧——他们就像病态的天使，因为缺乏责任感而令人生厌，但他们同时又以特定的方式来回报所受的恩惠，诸如约翰尼的唱片，侯爵夫人的慷慨。这还不是全部，我想强迫自己说出来：我嫉妒他们，嫉妒约翰尼，另一面的约翰尼，可这一面谁也无法说清楚它究竟是什么。我嫉妒他的一切，除了他的痛苦，那是人尽皆知的东西；即便如此，他的痛苦中也隐含着某些我所不具备的东西。我嫉妒约翰尼，同时不能容忍他滥用自己的天赋，迫于生活压力而接二连三地做些不理智的事情，最终摧残自己。我想，如果约翰尼能够掌控好自己的生活，甚至不需要为此牺牲什么，无需放弃吸毒；如果他能够驾驭好他这架五年来盲目飞行的飞机——他也许会陷入最糟糕的结局：彻底的疯狂和死亡——那他仍然能够触碰到他在那些以经历为依据的忧伤独白中，在对那些令人着迷没有下文的经历的反复讲述中所追寻的东西。而我却是以个人的怯懦来支撑着那一切的。也许我在内心深处希望约翰尼的一切都能痛快地结束，像一颗星球瞬间土崩瓦解，让那些天文学家连续一个星期目瞪口呆，如白痴一般，过后人们回家睡个大觉，明天又是新的一天。

约翰尼好像察觉到我正在想的一切，因为进门时他开心地向我打了声招呼，亲了一下侯爵夫人并抱起她转了一圈，又同她和阿尔特互行了复杂而声情并茂的见面礼，逗得大家哈哈大笑以后，马上在我的身旁坐了下来。

"布鲁诺，"约翰尼坐在那张最好的沙发上说道，"你那个破玩意儿还真不错，让他们说说我昨天的倾情表演吧。蒂卡的泪珠像电灯泡一样，我想该不是因为欠了裁缝的债吧。你说呢，蒂卡？"

我本想知道更多关于录音的情况，但对约翰尼来说，如此得意的表示已经足够说明问题了。他随即开始跟马塞尔谈论今天晚上的节目，还有他俩有多喜欢在剧院登场时将要穿上的那套光彩夺目的灰色新礼服。约翰尼的状态确实不错，可以看出他有好几天没过量吸食大麻了；他应该是保持着让他进入最佳状态所需的剂量。正当我这么想的时候，约翰尼把手搭在我肩膀上，凑过来跟我说：

"戴迪说那天下午我在你面前的表现很糟糕。"

"咳，别放在心上了。"

"但我记得很清楚。你知道我怎么想的吗？事实上我那天很难对付。我在你面前如此表现，你应该感到高兴才对。相信我，我从来没这样对待过别人。这是我看重你的表现。咱们该找个什么地方，我有大堆的话要说。这里……"他的下巴往前一伸，一脸轻视的表情，然后笑了起来，耸了耸肩，就像在沙发上跳舞一样，"布鲁诺老兄，戴迪说我的表现很糟糕，真的。"

"那天你发烧了。现在好点了吗？"

"那不是发烧。医生来了，他迫不及待地跟我说他对爵士乐如何痴迷，说我哪天一定要到他家听听唱片。戴迪说你给她钱了。"

"只是为了让你在有收入前渡过这一关。对了，今晚的状态如何？"

"挺好的，我有演奏的兴致，要是手上有萨克斯管，我现在就想吹，只是戴迪死活坚持要亲自把它带来剧院。那把萨克斯管棒极了，昨天用它时痛快得像做爱一样。你该看看我演奏结束时蒂卡的表情。你嫉妒了吧，蒂卡？"

大家哈哈大笑起来，约翰尼兴奋得在录音棚里活蹦乱跳到处跑，还跟阿尔特跳起舞来，没有伴奏，约翰尼就夸张地挑着眉毛打节拍。我们无法对约翰尼或阿尔特着急，否则就跟对吹乱头发的风生气一样无济于事。蒂卡、马塞尔和我低声交换着对今晚演出的看法。马塞尔肯定约翰尼将会复制一九五一年那次演出轰动的成功，那是他第一次来巴黎的时候。以昨天的状态推测，他确信一切将会进展顺利。我也希望能像他一样淡定，但无论心情如何，我只能坐在音乐会的前排听着，别的什么也干不了。至少有一点我是可以肯定的，那就是约翰尼没有像在

巴尔的摩那天晚上一样吸过大麻。我跟蒂卡说这些的时候，她仿佛险些就要掉到水里一样紧紧地捏着我的手。阿尔特和约翰尼走到钢琴前，阿尔特向约翰尼演示了一个新的主题，约翰尼便晃着脑袋，随着旋律哼唱了起来。两人身穿灰色礼服，优雅至极，甚至可以忽略约翰尼在那些日子囤积起来的脂肪对他的外形造成的影响。

我们跟蒂卡说起在巴尔的摩的那个晚上，那是约翰尼的病头一次严重发作。交谈之中，我始终看着蒂卡的双眼，确保她明白我的意思，并且这次决不向她让步。要是约翰尼再次酗酒或哪怕吸了一点点大麻，那音乐会必然会失败，一切将功亏一篑。巴黎不是乡下的赌场，在这里所有人的眼睛都聚焦在约翰尼身上。我想着这些的时候，一种苦涩的滋味无法抑制地在嘴里滋生，还有一种气愤，不是针对约翰尼，也不是针对他身上发生的事情；确切地说是对自己以及他身边的人，比如侯爵夫人和马塞尔。说到底我们都是些自私自利的家伙，打着照顾约翰尼的名义，实际上是为了拯救他在我们心中的固有形象，让约翰尼为我们带来新的愉悦享受，让我们在公众面前树立的这个偶像散发光芒，并且不惜一切代价捍卫这个形象。约翰尼的失败会对我写的书构成威胁（马上就要出版英文和意大利文译本了），也许我对约翰尼的照顾或多或少出于这样的原因。阿尔特和马塞尔要靠他来维持生计。而侯爵夫人，谁知道除了约翰尼的音乐天赋以外，她还看上了他什么。这一切都与另一面的约翰尼没有任何关系。我突然意识到了约翰尼那天所做的一切想要表达的：他扒掉身上的毛毯，像蠕虫一样赤裸裸地坐在我面前，手上没有萨克斯管，身无分文，一丝不挂。他终日为某个问题困扰，这个问题以他可怜的智商无法理解，但它流淌在他的音乐中，抚摸着他的肌肤，也许会促成他完成一次无法预见的、我们永远无法参透的升华。

人在琢磨这样的事情时，嘴里着实会感觉到苦涩。即便是世上最为坦诚的人，也难以接受这个突然的发现——与约翰尼·卡特相比，自己只不过是一个可怜的废物。现在他走过来坐在沙发上喝酒，高兴地看着我。是时候到普莱耶尔大厅了。但愿音乐至少能让这一夜剩下的时光变得美好，并完成它最坏的使命之一：在我们与镜子之间设上一道屏风，让我们在地图上消失几个小时。

明天我就要为《爵士乐迷》[1]写一篇关于今晚的音乐会的评论了。然而置身此地，尽管手上拿着利用演奏间隙在膝头上做的潦草速记，我却丝毫没有以评论家身份发言的兴致——那意味着通过比较来分出高下。我很清楚，约翰尼对我而言已不是一般的爵士乐音乐家，他的音乐天赋只是任何人都能理解和欣赏的外表，它还隐藏着别的东西，那恰恰才是我唯一应该看重的；也许对约翰尼而言，那才是唯一真正重要的东西。

当我融入到约翰尼的音乐中时，这么说往往是容易的，一旦音乐的余热消退……为什么我无法像他那样？为什么我无法拿脑袋撞墙？我以言辞精

1　《爵士乐迷》（*Jazz Hot*），法国的一本爵士乐季刊，于1935年在巴黎创刊。

心地粉饰自己而罔顾现实，以深思熟虑和满腹狐疑来保护自己，而那不过是愚蠢的辩驳。我似乎理解了为什么祈祷时人们会本能地跪倒在地。姿态的改变象征着声音的改变，也意味着声音将要表达的和已经表达的内容的改变。一旦意识到那种变化，那些前一秒还让我觉得无理取闹的东西，现在顿时变得充满深意，变得出乎意料地简单而深刻。无论是马塞尔还是阿尔特，他们昨天都没有意识到，约翰尼在录音棚里脱鞋并不是由于疯狂。约翰尼在那一刻需要用肌肤接触地面，与大地连在一起——他的音乐是对大地的一种肯定而不是逃避。我在约翰尼身上察觉到了这一点，他从不逃避。与大部分瘾君子不同，他吸毒并不是为了逃避；他吹萨克斯管并不是为了躲在舞台后面；他关在精神病诊所里好几个星期，并不是在无法承受的压力之下寻求庇护；甚至他的音乐风格——他身上最为真切的东西，配得起各种荒唐的溢美之辞、却又无需任何美誉来标榜——也证明了他的艺术不是一种替代或补充。约翰尼早在十年前就放弃了一般意义上流行的音乐语言，因为那种赤裸裸的情欲语言对他来说过于被动。对他而言，欲望优先于快感并摧毁快感，因为欲望鞭策他前进和寻觅，且先行拒绝了与传统爵士乐的简单结合。因此，我认为约翰尼并不喜爱布鲁斯当中的性受虐、怀乡情绪……以上一切我在书中已有所论及，阐述了约翰尼如何放弃即时满足感，进而创造出一种全新的语言，他和其他乐师正在对这种语言进行最大限度的发掘。这种爵士乐摒弃一切单纯的情欲表达，也就是一切瓦格纳式的东西，处于一个表面看起来捉摸不定的境界，在那里音乐获得绝对的自由，就如同绘画摒弃了表现主义而重获自由、回归纯粹的绘画一样。约翰尼的音乐既不唤起性高潮，也不勾起怀乡愁绪，我倾向于称之为玄奥音乐；他正是借助这种音乐进行自我探索，咬住每天都在逃离于他的现实。由此我看到了他风格中的激烈矛盾和强烈的表现效果。他永远无法得到满足，仿佛是一个持续不断地鞭策的、永无止境地构建的过程，个中的乐趣不在于结果，而在于不懈地探索，在于能够暂时抛开世俗烦扰却不失人性，并成为当中的典范。每当约翰尼像今晚这样陶醉于源源不断的音乐创作中时，我很清楚他并没有在逃避什么。赴会不可能是一种逃避，即便我们每次都变换约会地点；至于约会之后能留下什么，约翰尼则高傲地忽略它或者说蔑视它。比如，侯爵夫人以为约翰尼害怕贫穷，没有意识到他唯一可能畏惧的是想吃肉排的时候手边却没有可以切的肉排；或者想睡时却找不到床铺安寝；又或者认为自己理应拥有一百美元的时候，皮夹里却空空如也。约翰尼不像我们一样在一个抽象的世界里行走，因此他的音乐，我这天晚上听到的令人称羡的音乐，绝无半点抽象的成分。然而只有他才能解释演奏时所表达的东西，不过这时他的心思很可能已经到了别处，又沉浸于新的设想或新的困惑中。他那种征服式的演奏仿佛是一场梦，一旦掌声响起，把这个离现实这么远、将一分半钟当作一刻钟来过的人带回现实时，他已经把这个梦忘得一干二净了。

　　我的心态好比在暴风雨中，以为有避雷针的保护便可安枕无忧。过了四五天，我在拉丁街区的杜邦咖啡馆里碰到了阿尔特·布卡亚，他甚至来不及惊讶，就急于告诉我那个坏消息。我的第一反应是感到某种只能认定为不怀好意的满足感，因为我很明白，平静的局面是维持不了多久的；但我马上意识到这意味着什么后果，再念及我对约翰尼的感情，我的胃不禁抽搐了起来。于是在阿尔特讲述事情来龙去脉的时候，我一连喝了两杯白兰地。总的来说，事情大概是这样的：那天下午德劳内准备录一张唱片，推介一首新的五重奏，这首五重奏以约翰尼为首，此外还有阿尔特、马塞尔·加沃蒂和巴黎两名非常出色的钢琴师和打击乐手。录音应该从下午三点钟开始，他们有整个白天以及晚上的部分时间来进入状态并录上好几段。但情况不妙。约翰尼五点才到，那时德劳内已焦急得冒烟，不仅如此，他往椅子上一坐，就说身体不舒服，来这里一趟只是为了不扫大伙的兴，事实上他一点演奏的兴致都没有。

"我和马塞尔合力劝说他，让他先稍事休息，但他只顾着说碰到了满是骨灰盒的什么坟地，就这

样不停地说骨灰盒，足足说了半个小时。最后他从口袋里掏出了一堆不知道从哪个公园捡回来的叶子，把录音棚弄得像个植物园一样，工作人员黑着脸左收拾，右收拾，到头来什么也没录成。你想想技师在录音棚里无事可做，光抽了三个小时的烟，这对巴黎的乐师来说太不像话了。

"最后马塞尔说服了约翰尼，说最好还是先试试看，于是他们俩起了头，我们随之演奏了起来。然而这只不过是为了消除无所事事的困倦而已。我早已发现约翰尼的右胳膊有点抽搐，我发誓当时他演奏的样子实在可怕极了，你不知道，他脸色发灰，时不时打寒颤，他还摔了一跤，只是我没见到。在录其中一段的时候，他突然大喊了一声，然后扫视着我们每一个人，动作非常缓慢，他问我们还在等什么，怎么还不开始演奏《恋情》。你知道，就是阿拉莫的那个主题。好了，德劳内对技师做了一个手势，所有人都拿出了最佳的表现，只见约翰尼双腿张开，仿佛站在摇晃的船上；他演奏时全身舒展，我发誓从来没听过这么棒的音乐。这个状态维持了三分钟，直到他叹了一口气——这足以破坏那天堂般和谐的乐声——然后躲到屋里的一个角落，在演奏正酣之际抛下了大家，剩下的人只好尽可能妥善地作了收尾。

　　"然而这时最坏的事情发生了。待我们结束后，约翰尼说的第一句话就是，演奏得糟糕透了，那段录音一文不值。德劳内和我自然没有理会他，因为单是约翰尼个人演奏的部分就比人们日常听到的好一千倍，可谓瑕不掩瑜。那是不同凡响的东西，我很难跟你解释……你会听到的。可想而知，德劳内和技师们都舍不得把录音销毁。但约翰尼像疯子一样坚持，威胁说如果不把那张唱片播放一次，以确认录音已被抹掉，他就要砸坏录音棚的玻璃。最后技师随便让他听了一张别的唱片，总算平息了他的胡闹。于是约翰尼提议我们录《链霉素》，结果录得好多了，同时也糟糕多了。我的意思是，那无疑是一张完美无缺的唱片，但缺少了约翰尼在演奏《恋情》时那种不可思议的东西。"

　　阿尔特叹了口气，把杯中的啤酒喝完后，用悲哀的眼神看着我。我问约翰尼接着做了什么，他说约翰尼讲了一堆关于树叶和那片满是骨灰盒的坟地的话，让大家厌烦不已；而且他无论如何也不愿演奏，最后跌跌撞撞地离开了录音棚。马塞尔拿走了他的萨克斯管，以免他又把乐器弄丢或者踩坏，然后与一个法国小伙一道把他送回了旅馆。

除了马上去看他，我还能做什么呢？尽管如此，我还是拖到了第二天。第二天早上，我在《费加罗报》的罪案新闻报道中见到了他，事由似乎是前一天晚上约翰尼把旅馆的房间烧了，然后光着身子跑到楼道里。他和戴迪都没有受伤，但约翰尼正在医院接受观察。我给妻子看了这个消息，借此鼓励处于康复期的她。接着我赶到了医院，但记者通行证一点也不管用。我所能了解到的是约翰尼在疯言疯语，身上还带有足以让十个人发疯的大麻。可怜的戴迪没法阻止他，未能劝服他戒毒；约翰尼的所有女人最终都成为了他的同谋，我百分之百肯定这些大麻是侯爵夫人给他的。

最重要的是，接着我马上赶到了德劳内家，让他尽快给我听《恋情》的录音。谁知道这会不会是可怜的约翰尼的遗作；如果是的话，我的职业责任……

然而那不是，还不是。五天后戴迪打电话告诉我约翰尼好多了，并且想见我。我忍住没有责怪她，其一是因为我知道那只会浪费时间，其二是因为可怜的戴迪声音像是从破茶壶发出来的一样。我答应马上赶到，并且说等约翰尼恢复了，也许可以安排他到内地多个城市巡回演出。当戴迪正要哭起来的时候，我挂了电话。

约翰尼坐在床上，病房里还有两个病人，正好他们都睡着了。我还没来得及说话，他就用两只大手抱住了我的脑袋，在我的额头和脸颊上亲了又亲。他消瘦了许多，尽管他跟我说饭菜很丰盛，他的胃口也不错。他现在最担心的是乐队里的伙伴们有没有说他坏话，他的病发有没有让人受到伤害，诸如此类的事情。我的回答对他来说几乎毫无用处，因为他自己很清楚音乐会因此取消了，这让阿尔特、马塞尔和其他伙伴蒙受了损失；但他如此一问，似乎是觉得多少发生了一些能弥补过失的好事。不过，他在我面前掩饰不了内心深处那种冷漠的高傲；约翰尼不会真的在乎事情有多么糟糕，我太了解他了，这一点我不可能不知道。

"你想我跟你说什么，约翰尼？本来事情可以进展得更好的，但你总有本事把它搞砸。"

"没错，我不得不承认，"约翰尼疲惫地说，"这都怪那些骨灰盒。"

我想起阿尔特的话，于是定睛看着他。

"那些满是骨灰盒的坟地，布鲁诺。一堆看不见的骨灰盒，埋在了一大片坟地里。我在那里走着，时不时碰到些东西。你一定会说我在做梦，对吧？是这样的，你听着，我时不时会碰到一个骨灰盒，直至我发现整片坟地都是，有成千上万个，每个骨灰盒里装着一个死人的骨灰。然后我记得我弯下腰用手去挖，直到看见一个盒子。没错，我记得。我记得我那时在想：'这个一定是空的，因为是为我而准备的。'但事实上不是，它装满了灰色的粉末，就像其他骨灰盒一样——尽管我没有看见它们，但我很确定。然后……然后就到了我们开始录《恋情》的时候，我记得是这样的。"

我偷偷地瞟了一眼体温记录表，结果出乎意料地正常。一位年轻的大夫在门口把头探进来，点头向我打了声招呼，又对约翰尼做了一个鼓励的手势，活力十足且彬彬有礼。但约翰尼没有回应，这位大夫没有进门就离开了。这时我看见约翰尼紧紧地攥着拳头。

"他们永远也理解不了，"他说，"他们就像拿着鸡毛掸子的猴子，像堪萨斯城艺术学院那些自以为在弹奏肖邦作品的女孩，不过如此。布鲁诺，在卡马里奥的时候，他们安排我跟另外三个人住在一个房间里，一天早上住进来了一个洗得发白、脸红扑扑的病人。相信我，他就像舒洁和丹碧丝生的孩子。那个笨得无药可救的人坐在我身旁，安慰我这个想寻短见、对拉恩和任何人都不再留恋的人。最坏的是，那个家伙见我对他不理不睬就恼怒了。他仿佛还指望我坐到床上，赞赏他那白皙的脸、梳理得整整齐齐的头发和修剪得干干净净的指甲，然后像那些来到卢尔德就扔掉拐杖、活蹦乱跳的家伙一样，不治而愈……

"布鲁诺，那家伙和卡马里奥的其他所有人全都很自信。你想知道为什么吗？我不知道，真的，但他们很自信。我猜是因为他们的地位，他们的价值，他们的文凭。不，不是那些。有些人很谦虚，一点都不自以为是。但即便是最谦虚的人也觉得很安全。这就是困扰我的事，布鲁诺，要有安全感。安全感从何而来，告诉我，我这个骨子里比魔鬼还要令人讨厌的可怜鬼，很清楚地意识到一切都像果冻一样在身边颤抖，只有专注一点，用心一点，安静一点，才能发现那些窟窿。门上、床上全是窟窿。手上、报纸上、时间里、空气中满是窟窿，像海绵，像一个过滤自己的过滤器……但这些都是美国的科学，布鲁诺你理解吗？防尘罩为他们挡去灰尘，他们什么都看不见，他们接受别人看到过的东西，想象自己正在看见。他们当然看不见窟窿，而且对自己非常信任，对自己的药方、注射器、该死的精神分析、禁烟禁酒的那一套深信不疑。啊，直到有一天我可以搬走，上了火车，看窗外的一切往后飞驰，变得支离破碎。不知道你有没有见过？当景色离你远去时，你的心是怎样被逐渐瓦解的……"

我们一起抽着高卢牌香烟。医生批准约翰尼喝一点白兰地和抽八到十根烟。但可以看出，此时只是他的身体在抽烟，他的心思在别的事情上，仿佛身处在井里拒绝离开。我好奇他这些天看到了什么，感觉到了什么。我不想刺激他，但他一开始就自说自话……我们抽着烟，一言不发，约翰尼偶尔伸手过来摸摸我的脸，像是要验证我的身份。然后他就玩起了他的腕表，目光中充满珍爱之情。

"问题是他们自以为是智者，"他突然说，"他们自以为是智者，理由是他们弄来了一大堆书并把它们啃了个精光。我觉得太可笑了。事实上他们是好小伙，坚信他们所研究和从事的是有难度和深度的事情。马戏团里是如此，布鲁诺，我们之间也不例外。人们认为有些事情处于难度金字塔的顶端，所以会为杂技中的空中飞人，或者我鼓掌。我不知道他们是怎么想的，难道他们以为我每次演奏的时

候都要拼了老命，空中飞人每次腾空飞跃都会把韧带拉断？事实上，真正困难的是别的很不一样的事情，人们往往以为他们轻而易举就能做到，比方说，观察或者理解一条狗、一只猫，那才是难事，不折不扣的大难题。昨晚我突然想到在镜子中看自己。我发誓这实在太难了，我狼狈得差点从床上摔下来。你试想一下，你是在看你自己；这足以让你全身发冷，半个小时缓不过劲来。事实上那家伙并不是我，一开始我就清楚地感觉到那不是我。我出其不意地抓住它，斜拽着它，我知道那不是我。那是我的感觉，而当某种感觉产生时……就像在棕榈滩冲浪，你刚被一个浪托起，第二个马上就涌过来了，接着又是一个……你甚至还没感觉到那些人，他们的言语就涌过来了……不，不是那些言语，而是嘴中之物，那一道道垂下来的黏液，那些口水。口水汹涌而至将你淹没，说服镜子中的人就是你自己。但这怎么会察觉不到呢？那就是我呀，他有我的头发，我的伤疤。人们意识不到，他们唯一接受的就是那些口水，因此会觉得照镜子是何其简单的一件事。用刀切面包也是这样。你用刀切过面包吗？"

"这是我常干的事。"我感到很滑稽。

"你竟然如此平静。我就做不到，布鲁诺。有天晚上我用餐刀吃饭，结果把桌上的东西全都甩得远远的，那把餐刀差点扎瞎了邻桌那个日本人的眼睛。在洛杉矶我惹了这样的大麻烦……我跟他们解释也没用，还是被关了起来。尽管我觉得向他们解释只不过是一件简单的事。那次我认识了克里斯蒂大夫。她是个很棒的家伙，尽管我对医生……"

他的手在空中挥动着，四处触摸空气，似乎要在空气中留下痕迹。他微笑着，我感到他很孤独，绝对的孤独。在他身边，我感到自己像个空壳。如果约翰尼的手要穿过我的身体，想必就像切奶油或拨开烟雾一样容易。也许正是这个原因，他时不时用手指揉揉我的脸，小心翼翼地。

"你的面包在那儿，桌布上，"约翰尼看着空气说，"这确有其事，无可否认；它带着诱人的色泽和香气。它不是我，是不同于我的，是我以外的东西。但要是我触摸它，伸出手指抓住它，某些东

西就会发生变化，你不觉得吗？面包在我之外，但要是我用手指触摸它，感受它，我能感觉到那就是世界；然而，既然我能够触摸它和感受它，那么我们就不能说它实质上是别的东西。你认为可以这么说吗？"

"亲爱的，几千年以来学者们前赴后继、绞尽脑汁来解答这个问题。"

"面包里是白天，"约翰尼掩着脸，自言自语地说道，"我不敢碰它，不敢把它切成两半，放进嘴里。那不会发生什么，我知道，那正是可怕的事。你发现了吗？不会发生什么才是可怕的。你切开面包，用刀子把它叉起来，然而一切如常，没有任何变化。我实在无法理解，布鲁诺。"

约翰尼的表情，他的激动情绪开始引起我的不安。我发现，跟他谈话时越来越难把话题引向爵士乐、他的回忆、他的蓝图，越来越难让他回到现实中来（现实；我刚写下这个词就感到恶心。约翰尼说得有道理，现实不可能是这样的，身为爵士乐评论家不可能是现实的，因为那只是别人对我们的戏弄。但与此同时，约翰尼的这种趋势不能继续下去，不然我们都会疯掉的）。

现在他睡着了，或者至少闭上眼假装睡觉。我再次感到，约翰尼的行为以及他本人是多么让人难以理解。他是不是在睡，是不是在装睡，是不是自以为睡着了，不得而知。约翰尼比任何其他朋友都难以捉摸，尽管没有人比他更世俗，更普通，更受制于贫困的生活。表面上看，他的方方面面都是让人容易接近的；他没有什么特别之处。任何人都能成为约翰尼，只要愿意变成一个百病缠身、染有恶癖、无欲无求，与此同时满怀诗情、才华横溢的可怜鬼。这是表面。我一生都仰慕天才，毕加索们、爱因斯坦们，以及任何人都能在一分钟内罗列出来的所有圣贤人物（还有甘地、卓别林、斯特拉文斯基），我像所有人一样承认那些天才不食人间烟火，因此不必惊讶于他们的任何举动。他们与众不同，这没什么可说的。但约翰尼的与众不同是个谜，神秘得让人恼火，因为无法找到解释。约翰尼不是天才，他没有什么重大发现，他就像成千上万的黑人和白人一样玩爵士乐，尽管他比其他任何人都玩得更好，但必须承认这或多或少取决于公众的喜好、潮流和时机。比如帕纳西埃就觉得约翰尼实在很糟糕，尽管我们都觉得真正糟糕到家的是帕纳西埃。这样的争论是永无止境的。这一切都证明约翰尼并不是属于另一个世界的。但每当我这么想，我就又会怀疑约翰尼身上是否真的没有属于另一个世界的东西（他本人会是第一个站出来否认这一点的）。要是人们这么说，他可能会大笑不已。我相当了解他在想什么，知道他是如何活在这些想法里的。我之所以说他活在这些想法里，是因为约翰尼……但我要说的不是这一点，我想表达的是，约翰尼与我们之间的距离无从解释，因为造成这个距离的差异无从解释。我觉得他是首当其冲为此付出代价的人。这对他造成的影响，跟对我们造成的影响是一样的。这让人忍不住要说，约翰尼仿佛是活在人类中的天使。然而出于最基本的诚实，我们又不得不收回这句话，将这句话反过来说，承认事实也许是约翰尼是活在天使中的人类。而在所有非现实中的一个事实是，我们都只是我们自己。也许正因为如此，约翰尼用手指摸我的脸时，让我觉得如此不快，感到自己如此透明，如此不足为道。就像我的健康，我的房子，我的妻子，我的名望。我的名望，尤其是。尤其是我的名望。

然而一切照旧。我离开了医院，刚走到街上，回到时间中，回到我要做的一切事情中，就好比土豆鸡蛋饼在空中轻轻一翻，就翻回到另一面。可怜的约翰尼，他离现实那么远。（就是这样的，就是这样。对我来说，这么想的话更容易理解。现在我坐在一家咖啡馆里，到医院探病已是两个小时前的事情了。以上所写的一切迫使我像囚犯一样，至少对自己体面一点。）

幸而放火一事总算解决了，可以想象是侯爵夫人使出了她的能耐摆平了这件事。戴迪和阿尔特·布卡亚来报馆找我，三点钟我们一起到维克斯去听那已经小有名气——尽管仍未公开——的《恋情》的

录音。在出租车上，戴迪淡漠地向我讲述侯爵夫人如何为约翰尼摆脱了放火一事的麻烦。其实整件事只不过是烧焦了床垫，吓坏了拉格朗日大街那家旅馆里的阿尔及利亚住客而已。罚款已经缴纳，另一个旅馆蒂卡也已经张罗好。现在约翰尼躺在一张宽大而豪华的床上休养，边喝着牛奶边浏览《巴黎竞赛画报》和《纽约客》杂志，偶尔插空看看他那本著名（而又脏兮兮）的口袋书——那是狄兰·托马斯的诗集，约翰尼用铅笔在上面写满了旁注。

听完这些以后，我们在街角的咖啡馆喝了一杯白兰地，就来到录音棚听《恋情》和《链霉素》的录音。阿尔特让人把灯关了；为了听到更好的音效，他还躺到了地上。于是约翰尼进来了，以他的音乐抚摸着我们的脸，尽管他身在旅馆的床上，却切切实实地来了录音棚，在一刻钟里以他的音乐抚过我们的心灵。我知道发行《恋情》的这个主意必定会激怒约翰尼，因为任何人都能察觉到其中的缺陷，都能听到某些乐句末尾伴随的明显的叹气声，尤其是那段野蛮的收尾，那沙哑而短促的音符让我觉得好像一颗撕裂的心脏，一把插进面包的餐刀（他几天前提起过面包）。但约翰尼忽略了对我们来说无与伦比的东西，那就是在充满四处逃跑、质问和绝望手势的即兴发挥中，他所表达的寻找出路的焦虑。约翰尼无法理解（因为他认为失败的东西对我们而言却是一条道路，起码是通往一条道路的指示牌）《恋情》将会作为爵士乐最为伟大的乐章之一流传于世。他内心的艺术家，每当听到这个欲望的回声，听见他斗争时想说的一切，都会因愤怒而变得疯狂，全身颤抖，口水伴随着音乐流淌下来，在他所追求的以及越是追求却离他越远的东西面前变得空前的孤独。很奇怪地，尽管一切都汇合于此，汇合到《恋情》中，然而听这段演奏是有必要的，它让我得以发现约翰尼并不是受害者，不是所有人以为的受迫害者，不是我在他的传记中所描述的那样（它的英文译本刚出版上架，畅销程度比得上可口可乐）。现在我知道事实并非如此，约翰尼是追求者而非受迫害者，他在生活中的角色是猎人而非被追捕的不幸的动物。没人知道约翰尼在追求的是什么，但就是这样，它就在那里，在《恋情》中，在大麻里，在他对许多事物所发表的荒谬言论中，在他一次次的发病中，在狄兰·托马斯的小诗集中，在那个可怜鬼中——这使他变得伟大而荒谬，让他变成失去四肢的猎人，变成追逐熟睡老虎的兔子。我必须承认，事实上《恋情》让我作呕，仿佛这样就能让我摆脱他，摆脱他身上那些逆我的意、逆大家的意的一切，摆脱那一团没手没脚、轮廓模糊的黑暗的东西，摆脱那只摸着我脸、感动地向我微笑的疯狂的猩猩。

阿尔特和戴迪只看到了（我觉得他们并不想看到）《恋情》形式上的优美。就连戴迪也更喜欢《链霉素》，约翰尼在这首曲子中即兴发挥了他惯常的流畅，对此听众再熟悉不过；但我觉得对约翰尼来说，那只不过是一种娱乐——任由音乐流动，而他则在另外一面。走到街上的时候，我问戴迪接下来的打算，她说约翰尼现在连旅馆的门都出不了（警察暂时还不允许），但一家新的唱片公司邀请他录几首自选曲目，且报酬颇丰。阿尔特断定约翰尼脑子里尽是些愚蠢的想法；他说他和马塞尔·加沃蒂将与约翰尼一道实现一些新的创意，尽管可以看出这几个星期过去了，阿尔特也没有太多的点子。而我了解到他正与一位经纪人商谈尽快回纽约的事。这种事情我太能理解了，可怜的家伙。

"蒂卡还真够意思，"戴迪气愤地说，"当然了，这对她来说驾轻就熟。她总是在最后关头出现，只要打开钱包，就什么都能摆平。我就……"

阿尔特和我对视了一眼。我们能跟她说什么呢？女人们整天围着约翰尼或者像约翰尼这样的人转。这不足为奇，被约翰尼吸引的不仅是女人。然而困难的是如何能在围着他转的同时保持一定的距离，就像一颗精确的卫星，或者一位卓越的评论家。阿尔特那时不在巴尔的摩；但我还记得我刚认识约翰尼的那段日子，当时他还跟拉恩和孩子住在一起，拉恩的样子看着让人心疼。只要跟约翰尼接触一段时间，逐渐接受了他的音乐王国、他每日的恐惧、他对不曾发生的事所作的无从理解的解释以及他突然的柔情以后，就不难明白拉恩为什么会有那副表情，为什么与约翰尼一起生活无法有别的表情。而蒂卡的情况就不一样了，她可以通过淫乱和奢华的生活逃脱于他；此外她腰缠万贯，这可比机关枪顶用——至少阿尔特·布卡亚对蒂卡感到不满或面对她伤透脑筋时是这么说的。

"请你尽快赶来吧！"戴迪向我请求道，"他愿意跟你说话。"

我本想拿火灾的事斥责她（就起因来看，她肯定是同谋），但这么做无异于劝说约翰尼成为一个对社会有贡献的公民一样。暂时一切还好；很奇怪（而且让人不安）的是，约翰尼稍稍变得顺利，我就会感到无比高兴。我不至于那么天真，相信那是单纯地出于友情的反应。那只是一种推迟，是松一口气。我不需要为此寻求解释，因为我能清晰地感觉到，就如同感觉到鼻子附在脸上一样。我很生气，因为我是唯一感受到这一点并时刻为此受着折磨的人，而阿尔特·布卡亚、蒂卡或戴迪都没有意识到，约翰尼每次受折磨、进监狱、寻短见、放火烧床垫或在旅馆的过道里裸跑的时候，他是在为他们付出某种代价，在为他们拼命。约翰尼对此惘然不知，因此不像那些在绞刑架下发表伟大演说、那些著书立论声讨人类罪行或者那些以荡涤人间罪恶的姿态弹奏钢琴的人一样。他懵然不知，这个可怜的萨克斯管手——带着这个词所蕴含的荒谬和微不足道——只是众多可怜的萨克斯管手中的一个。

然而，我要是这样下去可就不妙了，最后写出来的书关于自己的会比关于约翰尼的还要多。我开始觉得自己像传教士，而我并不喜欢这样。在回家的路上，我为了恢复信心，带着必要的冷漠想着，在我这本关于约翰尼的书中，对他人格中病态的一面要慎重地轻轻带过。我不觉得有必要向人们介绍约翰尼如何自以为在摆满骨灰盒的坟地里散步，或者披露他在看画的时候画会动起来；那些终究只是吸食大麻后的幻觉，在戒毒以后就会消失。但我应该说约翰尼把那些幻觉暂时地托管在我这里了，就像把手帕塞在了我的口袋里，直至把它们拿回去的时机到来。我认为我是唯一忍受着这些幻觉、与之共存并对其心存恐惧的人；没有人知道这一点，甚至连约翰尼自身也毫不知情。对约翰尼不能坦白这种事情，那就像向一个真正伟大的人坦白，在一位大师面前以羞辱自己来换取一个建议。这是一个怎样的世界，偏轮到我来承受这个重担？我究竟是哪门子的传教士？约翰尼身上没有任何伟大之处，自从认识他、开始仰慕他的那天起我就知道。现在我对此已不感到惊讶，尽管一开始我曾为这种缺失感到困惑——也许是因为我们不会指望一个泰斗是这样子的，尤其是爵士乐手。我不知道为什么（我不知道为什么）我曾相信约翰尼身上有着伟大之处，他却日复一日地使我的这个幻想泯灭（或者让幻想泯灭的是我们自己，那是不一样的概念；因为老实说，在约翰尼身上存在着他可能成为的另一个约翰尼的幻象，这另一个约翰尼充满了光环；它的幻象从反面突显并包含着他本人所缺失的部分）。我这么说，是因为约翰尼为了改变生活所企图做的事——从自杀未遂到吸食大麻，都发生在那些缺乏伟大之处的人身上。我觉得正因为这一点我更加敬佩他了，因为他事实上是一只想学习阅读的猩猩，一个用脑袋撞墙并且屡败屡战的可怜家伙。啊，然而要是哪天猩猩真的读起书来，那么要彻底地打破什么，要散布什么消息，要各打各的算盘的话，我会是第一个。可怕的是一个没有任何伟大之处的人以这种方式撞墙。他用骨头的碰撞来揭发我们所有人，以他音乐的第一句就让我们粉身碎骨。（那些烈士、英雄，没错，人们对他们深信不疑，但约翰尼！）

一连串的事情。我不知道怎样才能表达得更贴切一些，就像意识到一连串可怕或愚蠢的事件突然发生在一个人的生活中，却不知道究竟是那些分门别类的规律以外的什么规律。决定了某个电话打来以后，我们那个住在奥弗涅的妹妹随即就到了，决定了牛奶浇到火里，决定了我们从阳台上看一个躺在轿车底下的男孩。就像在足球队和行政管理委员会中，命运总会任命一些替补人员，以防正式成员缺席。今天早上就是这样，我还在为约翰尼·卡特的康复和愉快感到高兴时，一个紧急的电话打到报社找我，电话那头是蒂卡，消息是拉恩和约翰尼的小女儿贝刚刚在芝加哥去世，约翰尼当然变得像疯子一样。这时我应当向朋友伸出援手。

我又走上了旅馆的楼梯——出于友情我已经来过很多次了，进屋时看见蒂卡在喝茶，戴迪在把毛巾弄湿，阿尔特、德劳内和贝贝·拉米雷斯在低声谈论李斯特·杨的最新消息，而约翰尼则安静地躺在床上，额头上敷着毛巾，神情冷静得几乎轻蔑。我马上抑制住在这种情形下应有的悲痛表情，只是紧紧地握着约翰尼的手，点着烟等待。

"布鲁诺，我这儿疼，"过了一会他说道，他的手摸着心脏的位置，"布鲁诺，她就像我手心里的一块白色小石子。我只不过是一匹可怜的黄色的马，没有人，没有人为我擦眼泪。"

他说这些话的时候语气庄重，几乎像是在朗诵。蒂卡看着阿尔特，两人趁着约翰尼的脸被湿毛巾盖着、看不见他们的时候，互通了一个手势，意思是就由他这样吧。我个人很反感廉价的话语，但约翰尼所说的这一切，不仅好像在哪儿读过，而且让我觉得仿佛是一副面具在说话，如此空洞，如此无用。戴迪又拿来一块毛巾给他换上，在这个间歇我隐约看见了约翰尼的脸，脸色如此灰白，嘴巴扭曲，眼睛紧闭得皱在一起。约翰尼总是这样，发生在他身上的事情总会有出其不意的变化，对他不太了解的贝贝·拉米雷斯仍心有余悸，我觉得是因为那件令人震惊的事——过了没多久约翰尼在床上坐了起来，开始破口大骂，语速缓慢，每个词语都先经过咀嚼，然后就像松开的陀螺一样痛骂录制《恋情》的负责人。他的眼睛没有看着特定的人，而是一面盯着所有人——这时我们就像动画中的小人物，一面说着不堪入耳的话。他就这样花了两分钟大骂所有跟《恋情》有关的人，从阿尔特和德劳内开始，然后到我（尽管我……），最后是戴迪、全能的上帝、把所有人生下来的婊子，无一幸免。而那些话，那些话和白色小石子的事，归根到底是对在芝加哥死于肺炎的贝的祈祷词。

十五天空洞的日子过去了；一大堆的工作，报纸文章，四处奔波的采访——这是对一位评论家生活的最好总结，一个只能靠他人施舍、靠新鲜事、靠别人所做的决定来活着的人。一天晚上，蒂卡、贝比·雷诺克斯和我在花神咖啡馆一边高兴地哼唱《无处可去》，一边品评我们一致认为不错的比利·泰勒的一支钢琴独奏曲——贝比·雷诺克斯尤其喜欢，她的衣着还配合了圣日耳曼德佩区的潮流，不过效果有待验证。贝比带着二十多岁时那种迷恋的目光看着走进来的约翰尼，但约翰尼视而不见地与她擦肩而过，坐在了另一张桌子旁，他不是喝醉了就是困得不行了。蒂卡把手放在我的膝盖上。

"你看，他又抽大麻了，昨晚或者今天下午。那个女人……"

我不甚情愿地回应道，戴迪跟他其余的女人一样难辞其咎，是她先跟约翰尼抽了十来次，哪天来劲儿了还会重蹈覆辙。总有一天我会由衷地渴望离开他，避免再受他的烦扰；约翰尼总是那么难以接近，和他相处，在他身边是一件煎熬的事。他用手指在桌上画画，服务员问他想喝什么的时候，他只是盯着服务员看，最后在空气中画了一个箭形的东西，双手捧着它，仿佛很重的样子。其他桌子的人开始谈笑风生，且保持着在花神咖啡馆应有的得体和节制。蒂卡说了一声"垃圾"，走到约翰尼那一桌；她向侍应点了餐，然后凑到约翰尼的耳边说话。不用说，贝比急切地在向我述说她那奢侈的希望，但我含糊地跟她说今晚应该让约翰尼好好冷静；而且好女孩都是早早就睡觉的，当然，可能的话还可以有一个爵士乐评论家作伴。贝比友善地笑了笑，用手抚摸着我的头发，然后我俩静静地看着一个脸色苍白、眼睛以至嘴唇发青的女孩走过。贝比说她觉得那也不坏，我请她小声地给我哼几首在伦敦和斯德哥尔摩有名的布鲁斯，然后我们开始哼《无处可去》。这天晚上这首歌就像狗一样不停地追赶着我们，这只狗也有苍白的脸色和绿色的眼睛。

演奏约翰尼五重奏的两个小伙子正好走过，我趁着这个机会问他们今晚的演出如何；于是我知道了约翰尼几乎无法演奏，尽管如此，他的演出价值仍足以超越一个约翰·路易斯的所有理论——假如说他能有什么理论的话。因为正如其中一个小伙子说的，他唯一拥有的只不过是用来盖住窟窿的音符，那是不一样的东西。于是我想知道约翰尼能忍受到哪个地步，尤其是对他满怀期望的观众能忍受到什么程度。两个小伙子说不喝啤酒，于是只剩下了我和贝比两个人。最后我在她的一连串追问下投降了——她真是人如其名，于是跟她解释约翰尼为什么生病了而且精神萎靡，为什么演奏五重奏的小伙子对他越来越厌倦，为什么事情早晚会爆发，正如在洛杉矶、巴尔的摩和纽约所发生过的那十几次一样。

这时进来了在街区演奏的另外几位乐师，有的走到了约翰尼的桌旁跟他打招呼，他却以远观的眼神看着他们，脸上一副可怕的痴呆表情，双眼湿润，眼神温驯，他的嘴任由口水流下来，在唇边闪着光。蒂卡和贝比两人的反应非常有意思：蒂卡走过去以匆忙的解释和微笑，把那些人从约翰尼身边支使开，以宣示她对那些男人的掌控能力；贝比则在我耳边表达她对约翰尼的仰慕，以及把他带到疗养院戒毒的各种好处，她说这一切只不过是因为她心怀嫉妒，因为这天晚上她想和约翰尼睡——但从现在的情况来看那是不可能的，这让我很高兴。自从认识了贝比，我就一直想象抚摸她大腿的快感，现在差一步就可以向她提议换个安静的地方去喝一杯了（她自然不情愿，而我在心底里也不想，因为那边的桌子让我们变得局促和不快）。突然，毫无预兆地，我们看见约翰尼站了起来，他看着我们，辨认着我们，向我们走来——应该说向我走来，因为不应该算上贝比。他走到我们桌前时自然地微微倾下身子，像是要拿盘子里的炸薯条一样，然后我们看着他跪在我面前，很自然地跪了下来，看着我的双眼。我看见他在哭，无需言语我就明白了他正在为小贝哭。

我的反应很自然，我想扶起他，免得他做傻事，结果做傻事的是我，因为没有比这更不合适的事了——当他人处于自己想要的位置而感觉合适时，强行改变他人的姿势——以致那些不为小事所惊动的花神咖啡馆的常客也带着不太友善的眼光看着我，而他们中的大部分人仍不知道这位跪着的黑人是约翰尼·卡特。他们看我的眼神，就像看着一个爬上圣坛、为将上帝从十字架上拉下来而争论关于耶稣的事实的人。首先谴责我的是约翰尼，他静静地抽

泣着，抬起眼睛看我；面对常客们如此明显的指责，我不得不坐回约翰尼跟前，感觉比他还难堪。现在让我去哪儿我都愿意，只要不是在这张椅子上，在跪着的约翰尼跟前。

其余的事不算很糟糕，尽管我已经记不起过了多长时间人们纹丝不动，约翰尼的眼泪在脸上不停地流，他的双眼不再一动不动地盯着我的——在我试图给他递烟和给自己点燃另一支烟的时候，在我感到贝比正要跑着离开或为自己的事大哭起来之际而我对她做出了理解的表情的时候。像往常一样，最后还是蒂卡无比冷静地收拾了我们桌的残局，把一张椅子挪到约翰尼身旁，但没有强迫他坐下来。直到最后约翰尼站直了一点，从那种恐惧的心情恢复到一位坐着的朋友的合适态度——这只不过是把膝盖抬高了几厘米，让屁股和地面（我差点说了"和十字架"，这真是会传染的）之间放进了令人满意的椅子的舒适。人们看腻了约翰尼，他也哭累了，而我们也厌倦了自己像狗一样的感觉。我顿悟到为什么有些画家对椅子有特殊的钟爱，忽然之间我觉得花神咖啡馆里随便一张椅子都是一件奇妙非常的物体，像一朵花，一瓶香水，是城市里人们维持秩序和荣誉的完美工具。

约翰尼拿出手帕，轻描淡写地请求大家谅解，蒂卡让侍应端来一杯加大的咖啡给他喝。约翰尼在场的时候，贝比表现得迷人极了，顿时一改往常的傻气；她哼唱起《玛米亚的布鲁斯》来，一点也不显得故意为之。约翰尼看着她微笑了起来，我觉得蒂卡此时跟我一样，觉得贝的形象在约翰尼眼睛的深处逐渐消失，约翰尼又一次短暂地回到了我们身边，在下一次的逃跑之前陪伴着我们。跟往常一样，在觉得自己像狗的感觉刚过去不久，我在约翰尼面前的优越感让我展现出宽容的一面，我随意地东拉西扯，但不触碰过于私人的事情（谁都不愿看见约翰尼从椅子滑下来，再……），幸而蒂卡和贝比表现得就像天使一样，而且花神咖啡馆的客人在一小时内不断更替，所以半夜一点到来的人们不会察觉到刚刚发生的事情，尽管乐观地想其实也没发生什么大事。贝比是第一个离开的（她是个好学的孩子，

早上九点要和弗雷德排练，为下午的录音做准备），蒂卡喝完第三杯白兰地以后，便提议送我们回家，但约翰尼拒绝了，他更想接着跟我聊。蒂卡觉得他状态挺好，于是就离开了。我和约翰尼喝了杯荨麻酒，在朋友之间这些软弱是可以接受的；然后我们在圣日耳曼德佩区里散步，因为约翰尼坚持说走路能让他感觉好一点，而我不是那种任由伙伴在这种情形下倒下不管的人。

我们沿着修道院街走到福斯坦堡广场，这个广场让约翰尼想起了——这很危险——一个玩具小剧场，好像是他八岁时教父送给他的礼物。我试图把他带到雅各布街，生怕回忆让他又想起贝，但在那天晚上余下的时间里，约翰尼把这件事情忘掉了。他安静地走着，脚步稳稳当当（我以前见过他在街上摇摇晃晃地走路的样子，而且并非因为醉酒；大概是他的自动反应有点失灵了）。黑夜的炎热和街上的寂静让我们俩感觉舒适。我们抽着高卢牌烟，随意地往河边走去。在孔堤岸上书商的一个铜盒子前，某个纪念品或学生的口哨声让我们谈论起维瓦尔第，以致心怀感触而满腔热情地唱起了他的作品。约翰尼说，如果他有萨克斯管，他会彻夜吹维瓦尔第的曲子，我觉得这未免夸张了。

"最后，再吹上几首巴赫和查理斯·艾伍士的曲子，"约翰尼带着居高临下的语气说，"不知道为什么法国人对查理斯·艾伍士不感兴趣。你知道他的曲子吗？关于豹的那首，你得听听那首关于豹的。一只豹……"

他用他那薄弱的男高音唱起这首豹之歌，许多歌词都不是艾伍士的，而是约翰尼的即兴发挥，他觉得还不错。后来我们坐在栏杆上，面向心之归宿街。夜晚很美，我们又抽了一根烟，烟的劲儿很快就会迫使我们到咖啡馆去喝杯啤酒，这让我和约翰尼预先感到了兴奋。当他第一次提到我的书时，我几乎没有留意，因为他马上又回到了查理斯·艾伍士的话题，说在自己的唱片中多次引用了艾伍士的主题，而别人毫不知觉（甚至他自己也不，我猜想），并以此为乐。但过了一会儿我开始考虑书的事情，于是试图把他引到这个话题上。

"噢，我翻了几页，"约翰尼说，"在蒂卡那里，他们对你的书发表了很多看法，但我连标题都不理解。昨天，阿尔特带来了英文版本，我才看懂了一些。你的书很不错。"

面对这种情况我一般采取自然的态度，在淡漠的谦虚中掺杂一定程度的兴趣，好像他的意见能够向我——作为作者的我——剖析我的书的真相。

"那仿佛是镜子里的我，"约翰尼说，"一开始我以为阅读关于一个人的文章，就像是看那个人本人，而不是看镜子里的他。我很敬佩作家，他们说的话出神入化。关于比波普起源的那整个章节……"

"我只是逐字逐句地转述你在巴尔的摩说的话。"我为自己辩护道，却不知道究竟在辩护什么。

"没错，我说的话都在那儿了，但事实上就像在看镜子。"约翰尼固执地说。

"你还想要什么？镜子是忠实的。"

"缺了些东西，布鲁诺，"约翰尼说，"你比我更清楚，我只是觉得缺了点什么。"

"那些是你忘了跟我说的。"我生气地说。这个野蛮的家伙简直能够……（他应该跟德劳内谈谈，要是一个鲁莽的宣言就使得评论家的正面努力落空了，那实在让人难过……比如拉恩的红色连衣裙——约翰尼说。无论如何，将今晚发生的新鲜事加到新版本里也未尝不是件好事。好像有一股狗的气味——约翰尼说——这是那张唱片唯一有价值的地方。没错，专心地听，迅速着手，因为在其他人的笔下这些反例可能会引起让人惋惜的后果。还有中间那个骨灰盒，最大的那个，装满了几乎是蓝色的粉末——约翰尼说道——太像我妹妹的一个小粉盒了。只要他还没摆脱那些幻觉，那么最坏的事情就是他将否定那些深层次的想法，那个蒙受如此多赞誉的美学理论……还有，冷爵士跟你所写的一点都不沾边——约翰尼说。注意了。）

"怎么跟我写的不沾边了？约翰尼，事情发生变化是正常的，但那只是六个月前，你……"

"六个月前，"约翰尼边说边从栏杆上跳下来，手肘撑在栏杆上，双手托着脑袋，"六个月前，啊，

布鲁诺，要是有那些小伙子在的话我现在就能吹……
对了，关于萨克斯管和性的那段你写得太妙了，文
字游戏非常精彩。六个月前：六，萨克斯，性。真的，
很妙，布鲁诺。你真够坏的，布鲁诺。"

我不准备告诉他，以他的心理年龄无法理解那
个天真的文字游戏中蕴含了一套相当深奥的理论（我
在纽约向雷欧纳·费勒解释这个理论时他对此深信
不疑），也无法理解爵士乐的反情色主义起源于洗
衣板时代等等，诸如此类。像往常一样，我突然感
到很高兴，因为评论家这个角色变得比我（私下里，
在我写的这些文字中）承认的更有存在的必要，因
为创造者，从音乐的发明者到约翰尼这该死的一系
列人，他们没有能力总结出自己作品的辩证意义，
对自己正在谱写或即兴演奏的音乐，也无法追溯它
的起源和深远影响。我在为自己不过是个评论家而
感到沮丧的时候，应该牢记这一点。"那颗星的名
字叫苦艾酒。"我突然听到约翰尼的声音，这声音
是他……怎么说呢，当约翰尼侧过身去，再次回到
孤独中，已经离去了的时候，该怎么描述他？我感

到不安，于是从栏杆上跳下来，凑近看着他。那颗星的名字叫苦艾酒，真拿他没办法。

"那颗星的名字叫苦艾酒，"约翰尼对他的双手说，"它的碎片一定散落在了大城市的那些广场上。六个月前。"

尽管没人看着我，也没人知道，我缩着肩膀看星星（那颗星的名字叫苦艾酒）。我们回到了那个永恒的话题："这是我明天正在演奏的。"那颗星的名字叫苦艾酒，它的碎片在六个月前坠落了。在大城市的那些广场上。他离去了，走远了。我的眼睛出现了红血丝，这只是因为他不再跟我谈关于书的事情，事实上我丝毫不知道他对这本书的看法，尽管有成千上万的乐迷正在阅读这本书的两个外文译本（很快就会有第三种语言的译本，即西班牙语版，似乎在布宜诺斯艾里斯人们也不仅仅弹探戈）。

"那条连衣裙很漂亮，"约翰尼说，"你不知道拉恩穿在身上有多好看，最好边喝着威士忌边跟你描述，要是你带了钱的话。戴迪只给了我三百多法郎。"

他嘲讽地笑着，一面看着塞纳河。仿佛他不知道怎么弄来酒和大麻。他开始跟我说戴迪很好（一点也不提我的书），她这么做是出于好意，幸好有布鲁诺这个老友（他写了本书，但没什么特别的），最好到阿拉伯街区的一家咖啡馆坐下，只要看你是来自苦艾酒星球的，他们就不会打扰你（这是我想的，我们从圣赛芙韩教堂旁边走过，这时已是后半夜两点，我的妻子正要起床，演习给我端上鲜奶咖啡时要说的话）。就这样，我陪着约翰尼，喝了一瓶糟糕透顶的廉价白兰地，接着又来了一瓶，两个人都很尽兴。但关于我的书他只字不提，只说了天鹅形状的香粉盒，星星，各种事物的碎片：言语、眼神、微笑，还有桌子上一滴滴的口水沾在了杯沿上（约翰尼的杯子）。没错，有好几个瞬间我简直想让他死掉。我想在这种情况下很多人都会这么想。但怎能让约翰尼带着他这天晚上可能说的话死去，让他在死亡里继续狩猎，继续游离（我已经不知道该怎么写所有的这些事情了），尽管那会给我带来安宁，带来教职，而那些无可争辩的论文和安排得当的葬礼也将会奠定我的权威地位。

约翰尼用手敲着桌子，时不时停下来，带着一脸不理解的神情看了看我，然后又接着敲。以前我和约翰尼总带着一把阿拉伯吉他来这家咖啡馆，老板就在那时认识了我们。本·埃法早就想去睡觉了，我们是这个满是油垢、弥漫着辣椒粉和油饼气味的咖啡馆里仅有的人。我也犯困了，但愤怒支撑着我，那是一种无声的愤怒，并非针对约翰尼，那更像是整个下午不停地做爱过后想要洗澡的一种感觉，需要水和肥皂带走那些开始变成脏垢的东西，那些开始过于清楚地展示原本那……约翰尼固执地在桌上拍着节奏，有时哼出声来，几乎没看我一眼。他很有可能不会再对我的书作任何评论了。他被各种事情牵制得晕头转向，明天又有一个女人，又有一个什么麻烦，一次旅行。最谨慎的做法是偷偷拿走他那本英文译本，为此我要跟戴迪谈谈，请求她帮个忙，换上别的书。这种不安甚至愤怒太荒谬了。我无法指望约翰尼产生任何热情；事实上他从来没有想到要读我的书。我很清楚，这本书写的不是约翰

93

尼的真实面貌（但也没有说谎），写的只是他的音乐。出于谨慎，也出于好意，我不想赤裸裸地展示他那无可救药的精神分裂症，他那肮脏的毒瘾，以及他对这可悲生命的糟蹋。我坚持展示主线，强调真正重要的事情，呈现约翰尼那无可比拟的艺术。此外还有什么可说的呢？但也许这正是他在等我的地方，他仿佛总在暗暗地寻找着什么，他躲藏起来，然后出其不意地做出一件荒谬的事情，让所有人都受到伤害。也许他正期望我打破那一切的美学基础——那是我用以解释他的音乐所建立的最终依据，也是当代爵士乐的伟大理论，正是它为我带来了无数赞誉，让我声名远扬。

说实话，他的生命对我来说有什么重要的呢？唯一让我不安的是他放任自己，那些举动让我无法理解（或者说我不想理解），到头来把我书上的所有结论都推翻。那样就会暴露我的断言是错误的，他的音乐完全是另一回事。

"听着，刚才你说书里缺了些什么。"

（现在注意了。）

"缺了些什么？布鲁诺。啊，对，我跟你说缺了些什么。我说，不仅是拉恩的红色连衣裙。还有那些……那些其实是骨灰盒吧，布鲁诺？昨晚我又看到了它们，一大片田地，但它们已经不是完全埋在地下了。有些骨灰盒上面刻了字和图案，看起来庞大无比，旁边放着头盖骨，就像在电影里一样，手里还抓着巨大的粗棍。在那些骨灰盒之间行走而四下无人的感觉很可怕，我是唯一走在其间寻觅的人。你别伤心，布鲁诺，你忘了写上这些也没有关系。但布鲁诺，"他伸出一根没有颤抖的手指说，"你忘了的是我。"

"不是吧，约翰尼！"

"是我，布鲁诺，是我。但这不是你的错，因为你写不出来的东西，我也演奏不出来。当你说我真正的传记在我的唱片里的时候，我知道你确实是这么认为的，而且那听起来很好，但事实不是这样的。我自己也无法演奏出我应当表达的东西，无法展示出真实的自己……所以也不能奢望你能创造奇迹，布鲁诺。这里面太热了，我们走吧！"

我走在他后面，我们闲逛了几步，突然走来一只猫，约翰尼停下来摸了它很久都不走。好了，够了；我准备在圣米歇尔广场找一辆出租车把他带回旅馆，然后我再自己回家。说到底他并没有那么可怕；我一度害怕约翰尼会炮制一套相对于我的书而言的反理论，在猛然地将它公诸于世前先跟我试验一下。可怜的约翰尼抚摸着那只白猫。他在心底所说的唯一的话是，谁都无法得知谁的任何事情，这并不是什么新鲜事。整本传记自然也证实了这一点，但它照样还是面世了，这真荒唐。走吧，约翰尼，回家去，很晚了。

"你别以为仅此而已，"约翰尼突然站起来，仿佛知道我在想什么，"上帝在呢，亲爱的。在那儿你确实没做过什么对的事情。"

"走吧，约翰尼，回家去，很晚了。"

"你还有那些像我的布鲁诺同志一样的人所称的上帝在那里。早上的牙膏，他们称之为上帝。垃圾箱，他们称之为上帝。对爆炸的恐惧，他们称之为上帝。而你不要脸地把我和那些垃圾混为一谈，写我的童年，我的家庭，还有什么我不知道的家族遗传……你在一堆腐烂的鸡蛋中咯咯地叫，满足地和你的上帝在一起。我不喜欢你的上帝，那从来不是我的上帝。"

"我只是说了黑人音乐……"

"我不喜欢你的上帝，"约翰尼重复道，"为什么你在书中非要我接受这一点？我不知道是否存在上帝，我演奏我的音乐，创造我的上帝，我不需要你的发明，把它们让给玛哈莉雅·杰克森和教皇好了，你得马上把那部分从书上删掉。"

"如果你坚持的话，"我为了说点什么而说道，"在第二版的时候吧！"

"我就像这只猫一样孤独，甚至更孤独，因为我意识到这一点而它不。该死的，它用趾甲抓我的手。布鲁诺，爵士乐不只是音乐，而我不仅是约翰尼·卡特。"

"这正是我想说的，我写到了有时你的演奏像……"

"就像雨淋在我的屁股上，"约翰尼说，这天晚上我头一次感到他发怒了，"真是什么都没法说，你立马就会用你肮脏的语言进行翻译。如果我演奏的时候，你见到了天使，那不是因为我的缘故。如果其他人张口说我的造诣已臻于完美，那不是因为我的缘故。而这是最糟糕的，是你确实在书中忘掉了的，布鲁诺，我一文不值，我的演奏以及人们对我的称颂一文不值，确实一文不值。"

那真是奇怪的谦虚,说实话,在夜晚的那个时间。这约翰尼……

"怎样才能跟你解释明白？"约翰尼抓着我的肩膀左右晃动，大声喊道，（安静点！人们从窗口尖叫道）"那不是多一点音乐少一点音乐的问题，而是别的东西……比如，是贝死去和活着的区别。我所演奏的是死去的贝，你知道吗？但我想，我想……因此有时候我把萨克斯管扔到地上踩，人们以为我喝高了。没错，每次我那么做的时候都喝醉了，毕竟一把萨克斯管价格不菲。"

"从这儿走吧。我打车送你回旅馆。"

"你真是大好人，布鲁诺，"约翰尼取笑道，"布鲁诺同志把别人跟他说的一切都记在本子里，除了那些重要的事情。我从来都不觉得你会错得如此厉害，直到阿尔特把你的书递到我手上。一开始我以为你在谈论别人，比如罗尼或者是马塞尔，接着我看到了约翰尼这约翰尼那的，也就是说那写的是我，但我很疑惑，这真的是我吗？还写了什么我在巴尔的摩、鸟园俱乐部[1]、我的风格……你听着，"他冷冷地补充道，"我并不是没有意识到，你的书是面向公众而写的。这挺好，你写的关于我的演奏和感受爵士乐的方式，我认为完全没有问题。我们为什么还在继续谈论那本书？塞纳河里的垃圾，那漂浮在码头边上的稻草，你的书。而我是那另一根稻草，你是那个摇摇晃晃地漂过那边的瓶子。布鲁诺，我到死也找不到……找不到……"

我扶着他的胳膊，让他靠在码头的栏杆上。他陷入了如往常一样的神志不清中，说着支离破碎的句子，吐痰。

---

[1] 鸟园俱乐部（Birdland），纽约一家著名的爵士乐俱乐部。

"找不到，"他反复说道，"找不到……"

"你想找到什么，兄弟？"我跟他说，"你不应该强求不可能的事，你找到的东西已足以……"

"那是对你而言，我知道，"约翰尼愤怒地说，"对于阿尔特，对于戴迪，对于拉恩……你不知道怎样……也许，有时门已经开始打开了……看那两根稻草，它们碰上了，对着彼此跳舞……多美啊，是吧……它开始打开了……时间……我跟你说了，我觉得，时间这东西……布鲁诺，我穷尽一生在我的音乐中寻求那道门能最终开启。一种虚无，一根小稻草……我记得在纽约的一个晚上……一条红色连衣裙。没错，红色的，她穿在身上美极了。好吧，一天晚上我们跟迈尔斯和哈尔在一起，我记得我们连续一个小时做着同样的事情，不受打扰，乐在其中……迈尔斯演奏了一段很棒的曲子，我陶醉得倒在了椅子上。然后我离开了，闭上了双眼，飞了起来。布鲁诺，我发誓我飞起来了……我仿佛听到了从一个遥远的、却来自我内心的地方传来的自己的声音，就在我的身旁，某个人站在那里……不是确切的哪

个人……看那个瓶子，它摇晃得多么不可思议……不是某个人，人总是寻求比照……那是安全感，是相遇，就像在有些梦里，你不觉得吗？当所有问题解决了，拉恩和女孩们烤好了火鸡在等你，开车时一个红灯也没闯，一切顺利得像台球一样。在我身旁的仿佛是我自己，但他不占任何地方，不在纽约，尤其是不在时间里，之后也不……之后也不曾……在那一瞬间只有永恒……我不知道那原来是谎言；我不知道我有那样的感觉是因为我已经迷失在音乐里；我也不知道一旦他的演奏结束——因为毕竟偶尔也要让可怜的哈尔失去弹钢琴的兴致，在那一瞬间我的思想将完全沉浸在自我当中……"

他甜蜜地哭着，用脏兮兮的手揉着眼睛。我已经不知道该怎么办了，已经这么晚了，潮气从河面升腾起来，我们俩准要感冒了。

"我觉得我一直想在旱河里游泳，"约翰尼低声说道，"我觉得我想要拉恩的红色连衣裙，但不要拉恩。贝已经死了，布鲁诺。我觉得你有道理，你的书写得很好。"

"走吧，约翰尼，我不想因为你对书的恶评而让自己生气。"

"不是那样的，你的书很好，因为……因为没有那些骨灰盒，布鲁诺。就像书包嘴[1]弹奏的音乐那么干净，那么纯洁。你不觉得书包嘴的音乐就像一个生日或一个善举么？我们……我跟你说想在旱河里游泳。我觉得……但不得不成为白痴……我觉得有一天会遇到别的东西。我感到不满足，我认为好的东西，拉恩的红色连衣裙，以至贝，就像抓老鼠的陷阱一样，我不会用别的方式来表达……为了让人妥协的陷阱，你知道吗？为了让人粉饰太平，说一切都好。布鲁诺，我认为拉恩和爵士乐，没错，甚至爵士乐，就像杂志上的广告，那些虚有其表的东西，让我像你那样妥协，因为你在巴黎有名气，有老婆，有工作……我有我的萨克斯管……我的性生活，就像书里说的那样。一切我们需要的东西。

1　书包嘴（Satchmo），路易斯·阿姆斯特朗（Louis Armstrong，1901—1971）的绰号。

陷阱，亲爱的……因为不可能没有别的东西，我们不可能离得这么近，就在门的那一边……"

"唯一重要的是全力以赴，倾其所有。"我说道，觉得自己简直愚蠢到无以复加的地步。

"然后每年都在《重拍》[1]的排行榜中胜出，当然了，"约翰尼同意道，"当然了，当然了，当然了。当然了。"

我带着他慢慢地走到广场。幸好街角有辆出租车。

"最重要的是，我无法接受你的上帝，"约翰尼发牢骚说，"不要强加在我身上，我不允许。如果上帝确实在门的另一边，那对我来说毫不重要。那没什么了不起的，你到了另一边是因为上帝开了门。把门踢开，那才够意思。用拳头敲开，对着门射精，在门口大便一整天。在纽约的那次，我以为我用自己的音乐打开了那扇门，直到我不得不停下，结果那见鬼的劈头盖脸地把门关上了，原因是我从来没

1　《重拍》（*Down Beat*），美国爵士乐杂志。

有向他祈祷，因为我以后也不会向他祈祷，因为我不想知道那个穿制服的守门人的任何事情，那个以替人开门来挣取小费的人，那……"

可怜的约翰尼，接下来他抱怨说那些东西不会被写进书里。已是清晨三点了，我的天。

蒂卡回到了纽约，约翰尼回到了纽约（没有带上戴迪，她现在安稳地住在路易斯·佩龙家，这个有望成为长号手的伙计）。贝比·雷诺克斯回到了纽约。这段日子巴黎风平浪静，我想念我的朋友们。我那本关于约翰尼的书所到之处都很畅销，顺理成章地，塞米·佩雷特泽尔已在跟我洽谈把它改编成好莱坞电影的可能性，只要算算法郎和美元之间的汇率就知道这有多诱人。我的妻子依然因为我和贝比·雷诺克斯的那段往事而愤怒，这也不是什么严重的事情，毕竟贝比是那种滥交的女孩，任何聪明的女人都应该理解那种事情不会危及夫妻关系，况且贝比已经和约翰尼回到纽约，她终于忍不住和约翰尼坐着同一艘船离开了。现在她想必正在和约翰尼一起抽大麻，变得和他一样迷失，这可怜的女孩。

《恋情》刚刚在巴黎发行，我那本书的第二版也正要付梓，并且正在商量把它翻译成德语。我仔细考虑过在第二版中可能进行的修改。以这个职业所容许的正直，我怀疑是否有必要展示我的传记对象在另一种光之下的人格。我与德劳内和霍迪尔讨论了好几次，他们实在不知道该给我提什么建议，因为他们都认为这本书写得好极了，人们会喜欢书的这个样子。我觉得他们俩担忧的是一种文学影响，担心因为我写了一些与约翰尼的音乐无关或者关系甚微——至少我们都是这么认为——的细节，到头来玷污了作品。我觉得根据权威人士的意见（和我的个人决定，在这种层面上再否认这一点的话就太愚蠢了）已经有足够的理由让第二版保持原状。在仔细阅读过美国的专业杂志后（有四篇对约翰尼的报道，写的是他最近一次的自杀未遂，这次他用的是含碘颜料，后来经插胃管抢救，住院三个星期后，接着又在巴尔的摩演奏，像什么都没有发生过一样），我平静了许多，尽管他这次不幸的复发让我感到难

过。约翰尼对这本书没有说过一句妥协的话。比如（在芝加哥音乐杂志《节拍》里，泰迪·罗杰斯对约翰尼进行了一次访问）："你看到布鲁诺写的……关于你在巴黎的事么？""看过。写得很好。""对于这本书，你没有什么想说的吗？""什么都没有，除了写得很好以外。布鲁诺是个很棒的小伙子。"至于约翰尼喝醉或吸毒以后会说什么，还不得而知，但至少没有他对这本书表示否定的传言。我决定让第二版原封不动地出版，继续展示约翰尼真实的内心世界：可怜的魔鬼，智商勉强算得上平庸，天生被赋予了音乐家、国际象棋手以及诗人的过人天赋，创造了无与伦比的东西，却对此毫不知觉（他充其量只有一个自知强壮的拳击手的那种得意）。一切都引导我必须保持约翰尼的那个肖像；不应该把问题复杂化，尤其是面向那些热爱爵士乐却对音乐评鉴或精神学分析毫无兴趣、仅限于追求瞬间和短暂满足感的公众时——他们用手打着拍子，神色从容而喜乐，让音乐在肌肤间漫游，注入到血液和呼吸之中。这样就够了，不需要任何深刻的理性剖析。

先是来了一些电报（发给德劳内的，发给我的，下午已经连同那些白痴的评论一起见报了）；二十天后我收到贝比·雷诺克斯的来信，她总算没把我忘掉。"他在贝尔维尤被照顾得很好，他出来的时候我去找他了。迈克·卢索洛到挪威巡回演出了，我们就住在他的公寓里。约翰尼很好，尽管他不愿意在公众面前演奏，但答应了与二八俱乐部的小伙子一起录唱片。跟你我可以这么说，但事实上他很虚弱（我已经能够想象贝比要表达的意思了，经历了我们在巴黎的冒险以后），到了晚上，他喘气和哀叹的样子让我害怕。唯一让我感到安慰的是，"贝比平和地补充道，"他是满足地死去的，就在不知不觉间。他看着看着电视，突然倒在了地上。他们说那就发生在一瞬间。"由此可以推测贝比并不在现场，我们后来知道，这是因为约翰尼到蒂卡家住了，跟她过了五天，那段时间他忧心忡忡，萎靡不振，说要放弃爵士乐，到墨西哥的乡村去工作（每个人在生命中的某个时刻都会这么想，这没什么），蒂卡看守着他，想方设法让他平静下来，强迫他考虑将来（这是蒂卡后来说的，这么说仿佛她和约翰尼对将来从来没有概念）。约翰尼正津津有味地看一个电视节目，没过多久就咳嗽了起来，突然猛地倒下，等等。我并不确信约翰尼的死是否正如蒂卡向警方所宣称的那样突然（目的是试图摆脱约翰尼死于她的公寓这一事件所引起的巨大麻烦，比如她手上的大麻，可怜的蒂卡的一些前科，尸检的某些不利的结果。不难想象法医在约翰尼的肝和肺里所能发现的东西）。"你无法想象他的死给我带来的悲痛，尽管我可以跟你谈别的事情，"这位亲爱的贝比甜甜地说道，"等心情恢复一点的时候，我会写信给你或者跟你说（罗杰斯好像有意请我到巴黎和柏林）你有必要知道的所有事情，你是约翰尼最好的朋友。"她拼尽全力咒骂蒂卡，如果听信她的话，那蒂卡不仅是约翰尼之死的罪魁祸首，还引发了珍珠港袭击和黑死病。可怜的贝比最后说道："趁着还记得，我要告诉你，在贝尔维尤的某一天，他问起你的很多事情，脑子里满是胡思乱想，以为你在纽约，不想来见他，不停地说一些胡话，然后喊你

的名字，直到对你骂脏话，那个可怜的家伙。你看，发烧就是这个样子。蒂卡跟鲍勃·凯里说，约翰尼留下的最后几个词大概是："噢，给我做个面具。'但你已经能想象那时……"我哪能想象得到。"他发胖了很多，"贝比在信的末尾补充道，"走路的时候还喘气。"可以想象，只有贝比·雷诺克斯这么细心的人，才记得这么多细节。

这一切恰好发生在我的书发行第二版的时候，但幸好我还有时间加插一个关于约翰尼去世的注释，以及一张他的葬礼的照片，照片中有许多著名的爵士乐手。就这样，这本传记可以说是完整了。我这么说也许不合适，但我只是理所当然地纯粹从美学的层面来考虑。现在出版社正在商讨出版一个新的译本，我认为应该翻译成瑞典语或挪威语。听到这消息，我的妻子激动不已。